文芸社セレクション

暁天《あかつき》の橋渡りゃんせ

岬 陽子

MISAKI Yoko

文芸社

目次

暁天《あかつき》の橋（天神橋）渡りゃんせ

愛知県内の都市である岡崎市と豊田市、その間を遥か昔からとうとうと流れる一級水系・矢作川がある。

その矢作川の上を岡崎市岩津町と豊田市畝部町を頑強に結んでいるのが、天神橋なのだ。

丁度今、その橋の側道を年配男女の二人連れが岡崎市から歩き出し、豊田市方向へゆっくりりと向かうのが見える。

それは八月の第一土曜日、まだ薄暗い夜明け前の静かな一時《ひととき》だった。

「一太郎《いちたろう》さん、日の出にはやっぱり早いよ。まだ五時半前なんだから」

山野辺《やまのべ》一太郎より一歳年下で今年五十七歳になる妻の美小夜《みさよ》が、一歩後で口を押さえクスクス笑っている。

「そりゃあそうだがな。美小夜ちゃん。だけどどうせだから今夜楽しみにしている岡崎大花火大会の見学席、一等席を下見だけでもしておこうと思うがどうだい？」

「それはいいかも知れないけど、橋の上を今から場所取り出来る訳でもあるまいしね？」

それから二人は一緒に声を出して笑いながら、橋の上から少し明るくなってきた空を仰いだ。

昨夜までは小雨が降り続きぐずついていた空模様も、一夜明けた今朝はすっかり晴れ渡っていた。一太郎達花火ファンだけでなく、花火師やその関係者達もきっと今頃はホッとしている事だろう。そう気遣いながら。

「子供の頃私や一太郎さんのお婆ちゃん達と四人で一緒に見に来たけど、まさかその同じ年頃になって今私達が二人して大花火を見られるなんて不思議！　こんな幸せ夢にも思わなかった。これもあの山の上からずっと見守ってくれている岩津天満宮の天神さまのお陰なのかな？　ねえ一太郎さん？　アラ見て！　お日様がアチラにやっと顔を出すわよ！」

そんな美小夜の声は橋の上を吹く一陣の風音に搔き消され、近頃耳も少々遠くなってきていた一太郎へは届かなかったかも知れない。

だがその時一太郎は一太郎なりに遠い昔の懐かしい出来事を、少しずつ思い出しながら歩いていたのだ。

あの頃一太郎の祖母山野辺信江《のぶえ》と美小夜の祖母藤林和子《ふじばやしかずこ》は、この橋の隅っこで美しい花火を見学しながらそれぞれの孫を放ったまま、アーダコーダと自分達の事を喋っていた。

その信江と和子の仲良し二人は豊田市の生まれで、しかも女学校の同級生同士だった。卒業後和子は田畑を多く所有する豊田市の農家に嫁ぎ、信江の方はこの天神橋を渡った先、岡崎市岩津町にある、古くから続く雑貨商店に嫁入りしていた。

その後二人にはそれぞれ子供が産まれ、孫にも恵まれた。何時しか婆ちゃんと呼ばれる年齢になっていたが、家が天神橋を挟み距離的に近かった所為もあり、何だ彼んだと長年親しく行き来していた。

二人が五十五～六歳になったある時の事だ。信江が夜、互いの孫を連れて天神橋へ行き、一緒に岡崎の大花火大会を見ようと言ってきた。その夜の橋は以前から岡崎公園側の歩道に近辺の人達が集まり、結構な花火見学の穴場となっていたのだ。信江は一人目の孫一太郎を連れ、和子も長男の娘美小夜の手を引き、時間を示し合わせて反対方向から天神橋を渡る。

そうすれば側道は一本道で恐いものなしだ。迷う事もなく橋上の何処かの地点でバッタリ出会えるであろう。そんな他愛なくも楽しい思い付きからであったが、それが始まったのは一太郎が八歳、美小夜が七歳位の頃からだったのだ。

当時を思い出してみると辺りは薄暗く、子供だった一太郎の記憶は曖昧だが、比較してみると今人々が行き来しているこの天神橋は随分と広く立派になっている。時代は変わり、車の交通量も多いがやや広い歩道側は市民の散歩、ジョギングコースとしても親しまれている。

歴史を辿ってみると、岡崎市の管轄下にある橋梁の一つという天神橋は橋梁形式、デイダーク式の一等橋だそうだ。

しかしその昔、江戸時代位までは矢作川に橋らしき物はなく渡し舟が使われていた。その後になって橋建設の必要性を重んじた岡崎市岩津町と豊田市の川端が協力して天神橋組合を作った。

しかし完成した当時の橋は高さが低くて何度も流され、最大の被害を出したのは伊勢湾台風の時で、その橋は二代目、そして現在が三代目となり、昭和五十三年～六十二年に十三億円を投じ完成した。昭和五十三年十月竣工、それ以後六十二年までは片側一車線とし大型車の運行は禁止とはなったが、そのお陰で岡崎、豊田間の流通は以前より随分便利になってきたのだ。通行する人々にとっては生活の重要な連結点になっている。平成六年には上流に葵大橋も建設され便利になったが、今回の舞台は歴史的に古い天神橋となっています。

一太郎はふと足を緩めて下を流れる矢作川を覗き込んでみた。あの頃と比べれば川巾も狭くなり流れも緩やかになっている気がした。

だがあの花火見学以前に、一太郎にはこの矢作川に関する悲しくて恐ろしい記憶があった。それが心の深い傷跡となって今だに忘れられない。

それは一太郎が四〜五歳の頃の夏だった。父親の良太に連れられ安全な浅瀬で水遊びしていると、同じグループで来ていた同年齢位の男子が目の前に泳いできた魚を素手で捕まえようとした。そして深みに塡まり、アッという間に遠くへ流されてしまったのだ。それに気付き助けようとしたのだろう。後を追った良太が水に飛び込んだが、思ったより川の流れが急で、男子も良太もそのまま水に飲み込まれ溺死してしまったのである。それも幼い一太郎の見ているすぐ目の前での事だった。

大泣きしていた一太郎は駆け付けた救助隊員の一人に無事家まで送り届けて貰った。だが良太の遺体が上がった後、一太郎の祖父母も母の加代子《かよこ》も突然の不幸に酷く悲しみ、涙に暮れてしまった。さらに悪い事に、その時加代子は次男の良二《りょうじ》を出産後やっと一ケ月で、産後の肥立ちも余りよくなかった。重なるショックを受けて寝た切りになってしまったのだ。大門町に住む実家の両親が見舞いに来たが、その様子を見て非常に心配した。

そしてその結果、改めて車で迎えに来て一太郎を残し、加代子と良二の二人を実家に連れ帰ってしまったのだ。山野辺家にも迷惑を掛けるから体調が回復するまで里帰りさせると言っていたらしいが、加代子は良二と二人でそのまま生家に留まり、良太の亡くなった岩津の家に戻る事はなかったのである。

その後は必然的に祖父母が一太郎の親代わりとして育ててくれたのだが、元々お婆ちゃんっ子だった一太郎は生活面では特別困る事はなかったのである。学校の父兄授業参観の時は教室の後ろを見ない様にしていたが信江は来てくれていた。

「アーッ、ここはいい川風が吹いて涼しいなあ。苦労して岡崎公園まで行かんでも、ここなら年に一度の大きくて立派な花火がよく見れるぞ。まるで天国じゃね。これも信ちゃんが誘ってくれたからだわ、ありがとね」

「何～に、そりゃあお互い様だって、気丈夫に見えても私だって本当は心許無《こころもとな》い一太郎の母親代わりなんだわ。年だからそう遠くへは遊びに連れて行けん。この天神橋位なら近いしな。和ちゃんも美小夜ちゃんと一緒に来てくれて賑やかでええわ。ここでなら花火を見ながら誰憚《はばか》らず二人で内緒話も出来るしな。アッハッハ」

そんな調子で花火の間やその前後には、グダグダと自分達の不平不満を言いたい放題であった。

「田んぼや畑仕事は若い者は嫌うし、先々私等だけでは疲れるわ。何時までやれる事やら。だけんど信ちゃんとこは店もよう流行っていいねえ。何と言っても岡崎は都会だから開けてるしな」

「岡崎といっても岩津は外れで林は多いし都会とも思わんよ。だけど豊田市だって近頃は人口も増えて賑やかになり、都会らしくなってきたという専らの噂だわ。それもトヨタさんが野っ原や山家だった挙母ヶ原を奇麗にして、車工場を建ててくれたからだと。考えてみれば最初の時期は私等が二十二～二十三歳の頃で丁度嫁入り後位かな。それまでは養蚕や製糸業が生活を支えていたんだわ。それから二十年して挙母市が今の豊田市に生まれ変わった。だけどそれまでに一騒動があり大変だったと父ちゃんは言っとったよ」

「そうだな信ちゃん、私等なんかはそんなに関心はなかったけんど、親達は組の寄り合いで色々意見交換しとったらしいわ」

「フーン、やっぱりな。挙母市に愛着を持つ人も多かった。御先祖様譲りの土地に大工場がおっ建って古き昔の面影は消え、町や市まで乗っ取られたと思ったんじゃないかのう？　戦争の影響もあり先の見えない不安な御時世でもあったんでな。岡崎市に嫁に出てきた私がお節介を焼いて偉そうに言うのも何だけど、昔より発展した今現在の豊田市を見れば、ああ、これで良かったとみんな思ってるんじゃないかえ？　ずっと豊田に住んだままの和ちゃんはどう思うべ？」

「流石に信ちゃんは店で働いているし世間が広いわ。言われてみれば確かにその通りだと思うよ。だけんど私なんかは信ちゃんと違って昔からこの土地や畑にしがみ着いて生活している井の中の蛙だから、詳しい事はよう分からん」

　どちらかというと気丈で男っぽい性格の信江に比べ、従順な農家の嫁である和子はそれ以上は言わず首を横に振った。

「和ちゃん、そんな事言わんでよ。嫁の立場は同じで弱いし、私だって井の中の蛙だわ。それにそう言われればそこいらの男衆だって似たり寄ったりに見えるがな？」

　信江は一人で勝手にケラケラ笑ったが、その後で何かに気付いた様にはたと両手を打ち鳴らした。

「そうだ。そう言やあ思い出した。家のお爺から聞いた、それも又聞き話だけんどな、和ちゃんだってトヨタグループの最初の産みの親だという豊田佐吉《とよださきち》さんなら知ってるだろう？　その佐吉さんは静岡の生まれやったけど、井の中の蛙じゃなかったとよ。

発明家やったから青年時代から発明のヒント探しに全国各地を歩き回ったそうだ。だけんど十一歳の頃、丁度今の一太郎と同じ年頃にな、何と御奇特な事に、この岩津天満宮にも友達と一緒に参拝にいらっしゃったんだそうなんだよ！」

「エッ？　その人があの天神様に？」

信江の得意気で知ったか振りの話を横で聞いていた一太郎と美小夜が目を丸くして驚いた。その時、仕掛け花火が岡崎城の下辺りからドドドドーンと打ち上げられた。

「ガッハッハ、そりゃあ偉くなるお方は違うよ。それに井の中から飛び出しただけでなく信心深いお人なんだわ。なあ、和ちゃん、一太郎も美小夜ちゃんもそう思うだろう？」

信江は花火に負けない高笑いをしたが、話はそこまでで終わった。

その後はガキ大将の一太郎もピンクの浴衣姿の美小夜もウットリと色取り取りの美しい花火に見惚れていたが、それでもその時信江から聞いた話の、豊田佐吉さんの記憶だけは、パッと咲き散る花火と違い、一太郎の脳裏に深く焼き付き、それ以後消え去る事はなかったのである。

ところがそんな楽しい四人の花火見学は、ある突然の出来事によりその年で最後となってしまったのだ。それが一太郎が十一歳、美小夜が十歳の夏であったのだが。

その出来事とは、冬に入り年の瀬が近付いた頃一太郎の祖父、一家の大黒柱だった常義《つねよし》が仕事で軽トラックを運転中、カーブミラーに激突して即死してしまった事である。突然の交通事故に襲われたからであるが、常義は信号無視をして突っ込んできた違反車を必死で避けようとしたのだ。しかし七十歳を過ぎ目が緑内障になっていて上手く避け切れなかった。

そして息子良太を失い、今又夫の常義にも先立たれ、残された信江は孫の一太郎と共にただただ途方に暮れるしかなかった。かと言って何時までも悲しみメソメソしてもいられなかったのである。

雑貨店には常義の一番下になる妹夫婦がパートで手伝いに来てくれてはいたが、しかし切実な問題として頼りにしていた大黒柱を失った今、経営は成り立たず、一太郎との生活費はおろか夫婦への給料も払えない。

けれどその時決断力もあり、思いっ切りのよかった信江は悩んだ末に店を閉めた。そして豊橋の中心街で大衆食堂を営んでいた五歳年下の弟、強司《つよし》を頼る事にしたのだった。

人通りも多く結構繁盛しているそうで、一太郎共々住み込みで、強司が裏方仕事でもいいのなら働かせてくれると言ってくれた。

常義の葬儀や法事が一通り終わったその後、翌年の三月には六年生になる一太郎を豊橋の学校へ転校させ、サッサと引っ越してしまったのである。

しかもその時はこれぞ天の助けとばかり随分慌ただしかったので、事前に豊田の和子にも会えず、泣く泣く別れの手紙一通を郵送しただけであった。

和子の方も常義が亡くなった事は年明けに人伝に聞いてはいたが、その後信江からは何の連絡もなく一通の封筒が届いてからやっと詳しい事情を知った。

和子は信江には伝えていなかったが、今年の夏には美小夜の三歳年下の孫美琴《みこと》も花火見学に連れて行くつもりだった。

だが豊橋に行くという この手紙を読むと、今年はとても花火を見にここまで来る余裕はなさそうだ。だからといって気の毒な信江と一太郎を思うと切なく、淋しくて、自分達だけでしかも夜中に天神橋を行き来する気になれなかった。

そしてそれ以後信江からも音沙汰がなく、二家族の花火鑑賞会は中止になり、和子の足もその後花火大会の夜になっても天神橋に向く事はなかったのである。

けれど時は止まる事を知らず流れて行く。当時美小夜にしても子供心にではあったが、信江と一太郎に会えないと知った時は酷く悲しかった。

しかしそんな思い出も何年も経つ内に、次第に記憶の片隅に追いやられ薄れてしまっていたのだ。

それから十数年後、美小夜が成人式を終え、二十三歳の頃だった。農家の跡取り娘として見合い結婚をした。相手は足助町香嵐渓近辺にある旅館の三男坊で、婿養子に来てくれるという条件であった。美小夜の父親元満《もとみつ》の知り合いからの紹介で、話は一応トントン拍子に進み上手く纏まった。

見合いの席は丁度秋半ば、紅葉真っ盛りの頃で婿さんの親元旅館での会席御膳から始まり、その後は若い二人での初デートとなった。

美小夜はその頃祖母の和子に似たのか特別美人でもないが、野菊の花の様に純朴で心根の優しい娘だった。

夫になる利三《としぞう》は中肉中背、職業柄か中々愛敬の良い色白の美男子である。その夜美小夜はライトアップされた香嵐渓の待月橋を彼に手を引かれそぞろ歩いた。

利三の事はよく知らなかったが、周囲のロマンチックな雰囲気に飲まれ夢の様にウットリとして気持ちも高ぶったものである。

そんな中当時婿養子に来てくれるという見合い話は少なく、御縁だからとその日の内に親に返事を強要された。

その結果一ケ月後には結納、翌年三月には結婚式というスピード婚になったが、母親の美代子《みよこ》は喜んでいたし、美小夜も特に利三が嫌でもなかった。

見合い結婚とはこんなものだろうとよく考えず素直に承知したのであった。それも家は先祖代々から続く農家の本家であり、その敷地も広い。祖父母の意向もあり、両親が二世帯住宅を増築してくれた。そしてそれから四〜五年は夫婦仲も上手くいっており、二年後には長女の美香子《みかこ》が、その二年後には長男道利《みちとし》の誕生となった。又それと前後して妹の美琴も市内の次男・農家の新家へ嫁いで行ったのである。ところがその後位になって、美小夜の両親と利三の間で考え方の違いから意見が合わなくなってしまった。衝突する事も多くなり、その挙げ句利三は実家である旅館へ一人で帰って行ってしまったのだ。

利三は元々農家を継ぐつもりはなく、田畑を売って何か儲かる商売をやりたいと言い出していたのだ。それを美小夜の両親に反対されて、このままずっと我慢し一緒に暮らすと思うと嫌気が差したのだという。

美小夜はその立場上、親と利三との板挟みになり悩んだが、結局利三を引き止める事も出来ず、親を捨て利三と出て行く程の勇気もなかったのである。

しかし両親は利三が自分達の手元に孫達二人を残して行ってくれたのを喜び、それ以後責任を感じたのか、母子家庭になってしまった娘の子育てには協力的であった。そんな状況下だったので幸か不幸か子供達も淋しがる事も知らず、それ以後父親利三に会いたいとも言わなかった。だがそれから二～三年後、美小夜の祖父元定《もとさだ》が脳梗塞で亡くなり、翌年の春、夫の後を追う様に和子も八十三歳でこの世を去ってしまった。

そしてその頃になると美小夜の暮らしにも少しずつ変化が生じてきていたのである。以前は兼業農家で仕事をしていた夫の利三に頼り従っていれば、金銭面でも余裕のある生活が出来たが、こうなってみると子供二人と自分の生活費まで親に頼るばかりとはいかない。両親が育てた野菜を出荷していた地元のＪＡグリーンセンターに、パート社員として働かせて貰う事にしたのである。

少々の苦労はあったが、お陰で生活も何とか安定し、美小夜自身も専業主婦であった頃から抜け出し、社会的に自立し母親としても逞しく成長出来た。その為それ以後は平々凡々な穏やかな毎日が続き、特別大きな心配事はなかったのだ。そのまま何時しか年月は流れ、美小夜はやがて五十歳の声を聞く頃になってしまった。長女の美香子が二十六歳、長男の道利は二十四歳に成長していた。そしてある四月の終わりごろ職場で仕事中での出来事であった。

「こちらのパンジーはいかがですか？　今は満開ですけど、もう季節外れだから大特売、お値打ちですよ。だけど明穂《あきほ》さんはアートフラワーの先生だからね。プリザーブドフラワー用にはパンジーよりこちらのネモフィラ、デージー、霞草とかミニバラの方がいいのかな？」

「アラ、そうね。有り難う。プリザーブドフラワーは新しい加工法で今、アート教室で凄く流行ってきているのよ」

美小夜はＪＡに勤務する内に顔馴染みの来店客数人も出来た。野瀬《のせ》明穂は岡崎市でアートフラワー教室を開いていたが、年齢は美小夜より十歳位は若く、上品で感じのいい女性であった。

実家が岩津町だからと時々天神橋を渡って、豊田市のこのＪＡにまで草花を選び買いに来てくれている。そんな大事なお得意様なので美小夜も丁寧に接客する内、色々植物の事を聞かれたりして親しくなっていった。

「今度岡崎市の美術展示場でプリザーブドフラワーの作品展を予定しているのよ。美小夜さんもお花が好きでしょ？　是非見学にいらっしゃいな。一日体験入学も出来るし、そりゃあプリザーブドフラワーって凄いのよ。プリザーブド液に何日か浸しておけば大輪のバラでも小菊でもアッという間に半永久的で枯れない、生きたままの美しいお花として、完成するのよ。その後は額やガラスケースに入れて、小さな花ビラはピンセットで色取り取りに配置するの。他にも押し花とかドライフラワーなどもあって花束にアレンジしたりもして楽しいわよ」

「エーッ、そうなんですか？　展示場は市の図書館リブラの側なんですね？　じゃあ私も仕事のローテーション表を見てお休みの時に見学に行ってみようかな？」

午後一時前だったが丁度客足も跡絶えていたので、美小夜は鉢植えが並べられてある店頭でつい明穂と話し込んでいた。

ところがそんな時、突然店内のレジの方から男の大声が聞こえてきた。何やら騒々しい様子だ。美小夜の気付かぬ内の事だったが店長の申し訳なさそうな声も耳に入り、慌ててその場での立ち話を止めた。

「明穂さん、ゴメンナサイ、ちょっと失礼します。温室も季節の新しいお花が沢山入ったから、ゆっくり見て行って下さいね」

「そう？　私ならもう帰るから大丈夫、気にしないで。お仕事中引き止めて御免なさい」

明穂の後ろ姿を見送ってから急いで店内に戻った。すると三番レジ奥のカウンター前に見知らぬ男が二人立ちはだかっている。

一人は地味な背広姿で中肉、高身長。もう一人は高級そうなスーツ姿であったが、太めで結構な貫禄、しゃがれた声の様子から可成りの年配らしい。

「流石に地元農家の丹精込めた産物だ。このレタス、トマト、キュウリ、ズッキーニ、東京で見る物よりずっと瑞々しい。どれを取っても新鮮で旨そうだ。それはいいがこの野菜を配達して貰えないとはな？　今度豊田市内で新設する予定の儂のレストランで使いたいが、何とかならんものかね？」

「会長、それはごもっともですよ。配達が駄目となると早朝買い出しを任せる人員が一人必要になりますからね。しかしそうなれば私でよければ出向いても宜しいですが？」

高身長で若い男の方は、会長と呼んだブッキラボウな物言いの男に気を遣っている様子だ。

「ハア、豊田市の中心街と言われますとここからは大部遠距離になります。ＪＡの直営は市内全域に店を構えておりまして、お近くの店舗からならお受け出来るやも知れません。一度上の者と相談してみますが、今すぐの返事は控えさせて下さい。後で折り返しますがどちらへ連絡すればいいですかね？」

六十歳そこそこのベテラン店長も大量注文と聞きすぐに断らず恐れ入っている。

「ウン、そうか。それなら宜しく頼むよ。じゃあ山野辺君、後は君に任せるから自分の名刺を渡しておいてくれ」

するとその後名刺を受け取った店長が、三番レジに入ったばかりの美小夜に声を掛けた。

「アッ、藤林さん、こちらのお客様がお買い上げの野菜をレジで打って差しあげて！」

「アッ、ハイ、店長。こちらで？　分かりました」

美小夜はカウンターに広げてあった数種類の野菜を手早く運び、レジ打ちし、丁寧に袋詰めした。何か偉そうな客達だとは思いながらも。

しかしその時何気なく顔を上げると、袋詰めの野菜を受け取った男がその後じっとこちらに目を向けているのに気付いた。その上何故か上擦った低い声を美小夜に掛けてきたのだ。

「あのう、失礼ですが、間違いなら御免なさい。今店長さんが藤林さんと名前を呼ばれましたが、もしやお宅様は藤林、藤林美小夜さんではないですか？　子供の頃の顔しか覚えてないですが、年回りにしても同じ位でよく似ていると思いまして。あのう私は山野辺一太郎と申しますが？」

「ハアッ？　山野辺、山野辺一太郎さんですか？」

そういえば会長だというあの男がさっき山野辺君などと呼んでいた。そんな名字を聞いたのも久し振りだったが、まさか目の前のその男が子供の頃に会った切りの山野辺一太郎だったとは？

美小夜は驚いたが、自然にその一太郎と真正面から顔を鉢合わせる体勢になっていた。後で話を聞いて分かったのだが、仕事の都合で豊田市に入り、偶然この産直店に立ち寄ったらしい。そして今目の前にいる男こそ幼馴染の、花火大会を無邪気に夢中になり、一緒に見上げたあの一太郎だったと知ったのだ。

「エーッ、本当にあの一太郎さんでした？　そう言われてみると確かに額の辺りに子供の頃の面影が？　随分とお久し振り、でも見間違える程御立派になられて！」

しかし考えてみれば豊田市には一太郎の祖母信江の実家もある筈だ。今までも市内のその辺りで出会《でくわ》しても全く可笑しくなかったのだが、それでも面と向かって顔を見合わせたのは何とお互い四十年振りだったのである。

「やはりそうでしたか。あれ以来岩津の実家を離れ、こちらの天神橋へは花火を見に行きたくても行けず、ずっと気になってはいたのです。長い間御無沙汰しておりました。見たところ美小夜さんはお元気そうでよかった。それでずっとこちらへお勤めだったのですね？」

「ハイ、もう今は見ての通り、色の黒いお婆さんになってしまって恥ずかしいですよ。一太郎さんは見るからにしっかりしてお若いですけど」

「そんな、私より美小夜さんの方がずっと健康的で若々しいですよ。お互いいい年になってしまいましたね。それより先程はお騒がせして失礼しました。あちらは私の義理の父です。東京に本店のあるレストランチェーン店サンデリタスの創業者で、会長の倉永総巌《くらながそうげん》と言います。今日は豊田市内にチェーン店の一つを開設予定で、立地やその現場確認に私も同行したのですよ。丁度息子も春休みでしたので家族揃って来たのですが、朝が早かったので妻も息子も疲れて車内で寝ております」

「東京の有名レストランチェーン店？　一太郎さんは今そこでお仕事ですか？　御出世されたんですね。それに義父というと会長さんの娘さんと結婚されたなんて、それじゃあお幸せじゃないですか？　遅ればせながらお目出とう御座います」

自分と掛け離れた遠い人の様な感じがして、何故かついよそよそしい口調になった。

「いやあ、そんな、折角ここでお会い出来ましたし、色々積もる話もありお聞きしたいのですが、今はちょっと時間がありません。豊田市駅近くのシティホテルに二〜三日間は滞在します。宜しければ今晩八時頃にお宅へ電話させて下さい」

一太郎はそう言うと、店の出入口付近でギョロギョロこちらを睨んでいる会長を気遣ってか、美小夜にも名刺を一枚手渡すと慌てた様子で会長と一緒に店外へ出て行ってしまった。その後美小夜はすぐにレジに戻ったが予想外の出来事が信じられず、店長には悪いがボンヤリして仕事に身が入らなかった。今になって楽しかったあの花火見物を思い出し、自然と心も弾んで来るのだ。


「アア、今晩は、藤林さんですね？　昼間はどうも、山野辺ですが」

その夜八時丁度に固定電話のベルが鳴った。

「何十年振りに愛知県に来まして、岩津から天神橋を渡ったので景色が懐かしかったです。けれどまさか美小夜さんにまで会えるとは思いませんでしたよ。驚きました」

一太郎は嬉しそうに言いながら、その後今までの自分の身上をボツボツと話し始めた。

「あれから祖母と二人、豊橋の強司叔父さんの食堂で働き、祖母は掃除や皿洗い、自分も高校を卒業するまで料理を手伝わせて貰ったり、店員としてアルバイトをさせて頂きました。その後自分で求人広告を見て、単身東京へ出てレストランチェーン店サンデリタスに就職しました。本当は和食専門店に入り、修業して自分も叔父の様に店を一軒持ちたかったのです。苦労して自分を育ててくれた祖母も何れ側に呼んでやりたかったのです。ですが和食店は思う様な条件で雇って貰えず、一旦は給料のいいサンデリタスで働く事にしました。ところが東京での生活も必死で、アッという間にそのまま十年二十年が過ぎ去り、その内に当時社長だったあの倉永さんに見込まれて店を二～三軒任されました。それと同時に娘の麗花《れいか》と結婚してやって欲しいと頼まれたのですよ。そんな倉永さんにはとても感謝しています。それが現在の妻ですが、麗花は一度結婚に失敗していて、私とは再婚でした。私より十二歳も年下なのですが、それでも連れ子の秀也《ひでや》が私によく懐いてくれてそれは有り難かったです」

「マアッ、そうだったんですか？　豊橋へ行くとは昔祖母への手紙で聞いた覚えはありますよ。でもその後の事は何も分からなくて、それじゃあ東京へ出て大変苦労されたんですね。だけど今は奥さんも子供さんもいらっしゃるのだし、やっと落ち着かれたんですね？　よかったわ。それに比べて私は何処へも行かず、ずっと田舎でのんびり暮らしてたんですが。だけど見合い結婚した夫とは御縁がなくて別れてしまいまして。でも一緒にいる両親はまだ元気ですし、二十六歳になる長女、二十四歳の長男とそれ成りに楽しく幸せに暮らしていますよ」

「子供さんが二人？　それならよかった。私も色々ありましたがあれ以来何とか一度は美小夜さんに会いたいと思っていましたから、元気だと知り安心しました。そういえば今思い出しました。高校一年生の冬、一度だけ強司叔父さんの車に乗せて貰い、古くなった岩津の実家を見に行った事がありました。丁度雪の降っている寒い日でしたが。その時突然思い付き、折角だからと、叔父さんが用事を済ませている間に大急ぎで近くの岩津天神様にお参りに行きましたよ。ですが天神橋を渡り豊田へ来たのは仕事絡みとはいえ本当に四十年振りの事です」

「エーッ、岩津天神様へ高一の時にですか？　本当に？　それはとにかく今日はそれでグリーンセンターを見つけ、野菜の話を店長さんとしてみえたのですね？　でもそのレストランチェーン店は豊田市のどの辺りにオープンされる御予定なんでしょうか？」

「アッ、ハイ、会長が全国にその手の情報網を保持していまして。愛知県豊田市は車の町として有名で人口も多いそうです。十年前に豊田スタジアムも完成し、サッカーブームの今、Jリーグ・グランパスエイトとかトヨタ自動車のヴェルブリッツ、海外チームなどとの試合場として、ファンも観客も多い事は全国的にもよく知られています。それでレストランの集客率も随分いいらしいのですよ」

「そうですか、じゃあオープンするのはその豊田スタジアムの周辺なんですね、凄いわ。楽しみです。私も時々は道利や美香子に誘われて遊びに行きますよ。色々な催し物があってフリーマーケットとかシティマラソン、アイドルショーや外国からのサーカスなども来てるとか。地下にはプールの設備もあるし、それに建物外の広々とした芝生や遊園地ではペットの散歩したりとか若者や親子連れなど、市民の憩いの場にもなってますしね。そうそう、夏祭りには素晴らしい豊田の大花火大会、おいでん祭りも賑やかで豊田スタジアムも豊田市もとても開けたいい所ですよ。少し足を延ばせば小原村の四季桜緑豊かで絶景の三河湖なども素敵な穴場です」

「そうなんですか？　地元に土地勘のある美小夜さんからも詳しい話を聞いてみたいですが、それはそうと明日はお仕事ですよね？　実は折角豊田市に来たので、祖母はもう亡くなりましたが、昔その祖母に連れられて参拝に行った事のある松平東照宮《まつだいらとうしょうぐう》に行きたいのですよ。御一緒にどうかと思ったのですか？」

「アッ、ハイ、松平東照宮ですか？　午前中でよければ空いています。午後からはシフトなので」

「分かりました。それでは明日八時位には電話を入れて、車でお迎えに行きます。会長と妻は買い物など他の用事で出掛けるらしいです。けれどももしかしたら息子の秀也が？　アレッ？　美小夜さんちょっと待って下さい」

何故かそこまで話した後急に電話をプチンと切ってしまったのだ。美小夜は多分忙しい合間に掛けて来て何か用事が出来たのだろうと思い、用件は聞いていたし、気にもせず受話器を置いた。

一太郎の言っていた松平東照宮は徳川三百年の礎となり、始祖となる松平親氏を祀った神社である。

今思うと自分も確か和子と一緒にお参りに行っていた。お参りと言っても帰りに飴玉とかお菓子を買って貰えるのが嬉しくて付いて行っただけの、単純な子供心からであったが。

美小夜は今日一太郎の話を聞き、今になって過去の記憶が次々と蘇ってくるのを感じた。

和子はあの当時元来信心深かったのか、アチコチの神社仏閣を巡るのが好きだった。その一つ、猿投《さなげ》温泉でも有名な猿投《さなげ》神社は随分と古式豊かで、神話にある大碓命《おおうすのみこと》がこの地を開拓し御祭神に祀られているという。

和子は自分が生まれる少し前、温泉に入りに行きながらその猿投神社に安産祈願にも行ったという。だが美小夜としてはどちらかというと、街中にある挙母神社の方が近くて縁が深い。

創建は文治五年（一一八九年）と鎌倉時代初期であるが、その由来を聞くと、源平合戦の末、兄頼朝に追われ非業の最期を遂げた源義経に並々ならぬ関わりがあるという。主君の義経の訃報を伝え聞いた従臣の一人、鈴木重善が後を追うのを断念し子守明神を勧請し祀ったのが現在の挙母神社なのだそうだ。同じく従者であった篠田勝善は豊田市内の毘森神社を。鈴木義宗は金谷勝手神社を祀ったというのである。周辺の金谷城（衣城）趾は当時は豊田一の城だったそうだ。

美小夜も高校時代、歴史の教科書で学んだ事のある、源義経がこの様な形で豊田市にも繋がり縁《ゆかり》があると知り、それぞれの神社に急に親しみを感じるきっかけが出来た。考えてみると、美香子と道利のお宮参りや七五三も挙母神社でお世話になったし、年中行事である挙母祭りの日には見事な山車がズラリと並ぶ。参拝客も多いが境内の屋台も繁盛してそれは賑やかだった。けれどそんな楽しい家族の思い出の中に何時も一緒だった和子は今はもういないのだ。

一太郎にしても信江の故郷である豊田市を何十年振りに訪れ、ふとその信江との思い出に浸りたくなったのかも知れない。美小夜はそうも察した。

翌日の勤務ローテーションは午後一時からだったので、午前中にならら松平東照宮に行く一太郎のお供が出来る筈であった。八時頃に電話をすると聞いていたので、早朝から外出の仕度をしてソワソワしながら待ち侘びていた。しかし予想に反して九時、十時が過ぎても一太郎からは一向に何の連絡もなかったのである。

結局そのまま十二時になりお昼が来てしまった。何か急用でも出来たのかも知れないがこれ以上は待ってもいられないと思い、美小夜も内心楽しみにしていたのに、今日は松平東照宮行きは諦めざるを得なかった。しかし一太郎と出会った以上又という日もあるではないか？

簡単な昼食を済ませてからママチャリで職場に向かったのである。家には美香子と道利の車の他、親が畑の作物運搬用に使う軽トラックも一台置いてある。

けれど美小夜は雨天の時以外は経費節約の為通勤には使用しないでいた。

「アッ、藤林さん、そこにいたの？　ちょっと確認というか聞かせて欲しいんだけどいいかな？」

タイムカードを押して店内に入ると、何故か店長が奥から急に呼び掛けてきた。

「昨日の午後、野菜の配達を頼んできたお客さんがいたでしょう？　レストランの会長さんともう一人、名刺を貰った山野辺さんという方、それであの方は藤林さんのお知り合いだった様だけど？」

「アッ、ハイ、私の幼馴染ですが何十年振りに出会ったので、あの時つい余分な無駄話をしてしまってすみませんでした」

「嫌、それはいいんだよ。あれから他の地域の店長と相談したんだけど、場合によっては直接届けられるかもしれないと言われたんだわ。それでその連絡をと思い、今日十時頃山野辺さんの携帯に直接掛けてみたんだよ」

「ハァ、今朝十時にあの山野辺さんの携帯にですか？」

「そうですよ。ところが電話に出たのは御本人でなく山野辺さんの奥さんだったらしくてね。『会長なら昨夜亡くなり、今は取り込み中です。夫の山野辺はその父の殺害に関係していて、警察に連行されたきり、何時戻るか分かりませんよ。野菜の注文どころではないのでもう電話しないで下さい』などと如何にも迷惑そうにヒステリックに言うと、ブツンと電話を切ってしまったんだよ。随分失礼な言い方だとは思ったけど、それが本当なら大変な事態になってるみたいじゃないか？　藤林さんが山野辺さんに何か聞いているのではと思ったものだから？」

「エッ？　そんな！　知りません！　あの会長さんが亡くなり山野辺さんが警察に連

行ですって？　昨夜八時頃電話で七～八分はアレコレは話しましたが、会長さんの事とか、他には何も聞いていません。ただ今朝又連絡をすると言っていましたがそれも結局ないままだったので？」

美小夜は店長の思い掛けぬ言葉に、流石に青褪め心穏やかではなかった。今思うと確かに昨夜の電話の様子は途中で切られてしまい可笑しかったのだ。秀也がどうのとは言っていたが、あの後会長と予想外の何かがあったのだろうか？

「野菜の大量注文は立ち消えになりそれは残念だがね。会長さんは亡くなられたとかでお気の毒だったが、詳細は分からない。山野辺さんはいい方の様だし、警察に連行されたなんていってもきっと何かの間違いですよ。心配しなくてもすぐに戻られるよ」

一体どういう事なのか？　店長は慰めてくれたが詳しい事は分からず、酷く気にはなった。しかしとにかく今は勤務中である。美小夜は黙って店長に頭を下げると、奥の売場へ行き補充する商品のチェック作業を始めた。

翌朝七時頃の事だ。何時もの様に美香子と道利を会社へ送り出し、ホッと一息吐いた。その後テレビのニュース番組に目を向けたのだが、最初の画面を見るや否やギョッとして目が釘付けになった。

何とあの日会ったばかりの山野辺一太郎の顔写真が、全面アップで映し出されていたのだ。

次に解説担当の女子レポーターが、事件現場であるというシティホテルの裏階段下で興奮気味に喋り出した。

「あの有名全国チェーン店サンデリタス会長である倉永総巌氏が、昨夜未明三階の踊り場からこちらの階段下へ突き落とされ後頭部から血を流し倒れていたのが見つかり、救急車で運ばれましたが、昨夜の内に亡くなられたという事です。会長の娘婿である山野辺一太郎常務が金銭トラブルなどから会長と言い争いになり、故意に突き落とし死亡させた。その場を見ていた会長の娘でもある妻の麗花さんが現場を詳しく証言しています。山野辺一太郎容疑者は現在警察で取り調べ中です。容疑については黙秘しているそうですが、現在のところ妻以外には他に現場の目撃者はおらず、殺人罪適用は免れないだろうとの見解です」

美小夜はただただ呆気に取られテレビの画面を凝視するばかりだ。

『そんな！　信じられない。会長さんには感謝していると言っていたあの一太郎さんが金銭的な事で言い争い？　しかも故意に階段から突き落とすなんて、どう考えても腑に落ちない』

証言したという妻の麗花の顔もテレビに数秒映ったが、髪が長く化粧の濃い、如何にもきつそうな性格の女に見えた。美小夜は余りの出来事に一太郎に同情するしかなかったが、かと言って自分は幼少の頃の一太郎しかよく知らないのだ。大人になれば人の性格は別人に変わるのだろうか？　画面が他のニュースに変わっても気持ちが落ち込んで、その場にペタリと座り、訳も分からずボーッとしていた。


「アッ、母さん？　私よ。まだ家にいてくれたんだ。良かった！」

ところがそれからすぐに美香子が会社から電話を掛けてきた。

「急なんだけどさ。明日は土曜日で会社はお休みだから竜彦《たつひこ》君が家に遊びに来たいって言うんだけどね、お昼御飯はお母さんが作ってくれない？　私はオムライスとカラアゲ位しか出来ないから、母さんはお得意の野菜の煮物とか天プラを沢山用意して欲しいんだけど？」

「アアラッ、以前一度玄関先に挨拶に来てくれたあのボーイフレンドの竜彦さんね？　それなら大歓迎だよ。だけどそんな田舎料理がお口に合うのか知らん？　蓮根と牛蒡、鳥肉の煮込み、ほうれん草の御浸しとかで？」

「それでいいのよ。彼の実家は岐阜のど田舎で、偶には故郷のお母さんが作ってくれる様な味が恋しいらしいわ。じゃあ母さん、それでお願いね！」

美香子は仕事中だからとそれだけ言ってサッサと電話を切ったが、竜彦とは美香子が結婚を意識して交際している彼氏である。三歳年上なのだが、美香子が高校卒業後事務員として就職した車両部品メーカーの会社に、彼が後から転勤してきたという。美香子は何かユニークな話し易い好青年だと言うが、二人の馴れ初めはよくある社内恋愛のパターンらしかった。サァ大変だ。ここでずっとボンヤリもしていられない。明日の為の買い物や準備をしなければと美小夜は気分を入れ変え、ドッコイショと重い腰を上げた。

そして明くる土曜日、道利は仲のいい職場の同僚と約束があり、朝から外出していた。

美小夜は美香子と二人、朝からバタバタとして落ち着かなかったが、やがて十一時頃になると竜彦が予定通りひょっこり顔を出した。美小夜が玄関に出ると何度もお辞儀してくれたが、手にはお土産だからと言い、途中で買ってきたという果物のビニール袋をブラ下げている。中味はリンゴとバナナだったが、意外とよく気が付く青年らしいと感心し、美小夜は喜んで受け取った。

「へーッ、中に入ってみると昔風だけど中々風情があって落ち着くお住まいですね。だけど断然僕の実家よりは新しいですよ！」

家に上がると一応はお伺いを立てる様子で、リビングに入り、キョロキョロしていたが、その間にテーブルには母娘合作のご馳走が次々と運ばれてくる。

「サァ、どうぞ、お口に合うか分かりませんが、美香子の手料理も御相伴下さって」

昼食の時間には少し早かったが、美香子とその母親の勧めに竜彦は甚く感激したらしく大喜び。

「ウワァ、これは凄い！　有り難う御座います。僕の好きな料理ばかりですよ。美香ちゃん、お母さん、それでは遠慮なく頂きます」

「どうぞどうぞ、まだ沢山作ってあるからドンドン召し上がれ」

美小夜は笑顔で料理を取り分けたが、その間にも竜彦はサバサバした物言いで食べっぷりも豪快である。その様子を間近に見ながら美小夜は美香子と一緒に久し振りに明るく笑い転げた。

「デザートは生クリームタップリの苺ケーキよ。昨夜の内に拵えて冷蔵庫に入れてあるの」

美香子はそう言うと竜彦に得意気にウインクしてみせた。

「エーッ、美香ちゃん手作りのケーキ？　それも大好物だよ。だけどこんなに歓迎して貰うと何だか心配になってきたぞ。まさか婚約指輪には百万円のダイヤの指輪が欲しいなんて言うかい？」

「そりゃあ言うわよ。どうせならダイヤ百個いりのティアラがいいかな？」

「エーッ、それは酷い！　いくら何でも僕の安月給じゃあ無理、ノーサンキューです」

「フッフッフッ、冗談に決まってるじゃん。まあまあの値段の今流行りの可愛いデザインの指輪でサービスしておくわ！」

美小夜の目の前で若い二人はキャッキャッと笑い合っていて、美小夜には何故か眩し気に見える。

「それじゃあごゆっくりね。私は今からパートに出るけど、こちらにも竜彦さんが持ってきて下さったリンゴとバナナがあるわ。美香子、リンゴの皮を剝いてあげてね」

どうやら役目も果たせた様だからと、美小夜がリビングのイスから腰を上げた時だった。

「そういえばバナナで思い出したわ！　母さん、竜彦さんはバナナも大好物なのよ。それでね、二年位前に二人で初めて豊田の観光名所鞍ケ池公園へ遊びに行った時の事なんだけど。暫く池の周りをウロウロした後、開業当初の頃からある大温室に入ったのよ。母さんも観葉植物が好きだから以前一緒に入った事もあるわ。あの広い温室」

「温室？　そう言われてみれば今でこそ御無沙汰だけど、美香子位の若い時から当時は珍しくて何度か見学したわね」

「そうでしょう？　ポインセチアとかブーゲンビリアとか南国の草木が茂ってデートにピッタリで、ロマンチックだったわ。だけど一緒にいた竜彦君がその中で一番気に入ったのは何だったと思う？」

「サア？　分からないけど、余程珍しい花とか？」

「それがさ、グルリと一周してふと目の前を見ると、丁度手の届きそうな高さに黄色の美味しそうなあれが五～六本垂れ下がっていたんだわ、そう、バナナの木に！」

「鞍ケ池公園の温室内のバナナの木にバナナが？　フーン、当然と思うけど、それで？」

「そしたら竜彦君がね。これは見事だ。一本頂こう。なんて急に手を伸ばしてもぎ取ろうとしたのよ。それが丁度自然に黄色に熟していて確かに美味しそうだったわ。だけど大慌てで、撮るんだったら写真だけにしてね。と言って止めさせたわよ。私も青いのを熟させて売ってるバナナしか食べた事がないから気持ちは分かったけど。本当に美味しそうだったわ。ねえ竜彦君？」

竜彦はテーブルの上のバナナにチラチラ目をやりながら、穴があったら入りたそうな表情だ。

「アア、あれね。他では見た事がないから余程温室の環境がいいんでしょうね。ゴメンナサイ。つい岐阜の山奥の猿群団の心境になってしまって」

恥ずかしそうに大柄な体を縮め丸くした。

「それからね、池にはスワンボートとか他に可愛い動物のボートもあったけど、あの日は残念ながら天気が悪くて二人で乗れなかったわ」

美小夜は娘の楽しそうな声を聞いている内に、自分も結婚前に奇しくもあの別れた夫と同じ場所でデートした事を思い出した。今でなら鞍ケ池公園にはパークトレインとかキャンプ用のパークフィールドスノーピークとかがあり、昔と比べ素敵にリニューアルされているのだが、その頃は余り開発されていなくて、全体に自然が残り平日は静かだった。

それにしても今頃あの利三はどうしているだろうか？　再婚したとは風の便りに聞いてはいたものの、あれ以来自分も子供も会う事はなくプッツリ縁は切れてしまった。けれど娘も息子も片親で育ったにしては十分立派に成長してくれた。それを思うと今は世話になった自分の親だけでなく、あんな別れ方をしてしまった利三にも感謝したい位だったのである。

「美香子、あんた池のボートに乗れなかったんだって？　そりゃあ昔からその日の天候次第らしいよ。職場にあちら方向から嫁に来たというパートの奥さんがいてね。教えてくれたけど鞍ケ池は元々江戸時代の藩主さんが農業用の溜め池として掘らせたんだと。それで今でも悪天候や水位低下の状態になると、危険だからボート遊びは中止になるんだそうだよ」

「フーン、天然じゃないんだ。でも今は広場が色々賑やかになって子供も大人も楽しめるよ。母さん、今度竜彦君や道利とみんなで子供の時の遠足みたいにおにぎりを作って行ってみようよ？」

「オー、絶対それがいいよ。美香ちゃん、だけど今は頂上のコンビニで何でも、おにぎりも売ってるらしいぞ。マア、今度は温室のバナナだけは食べるの止めておくから御心配なく」

竜彦が又バナナの話を蒸し返したので皆大笑い。そんなこんなで美小夜も笑顔のまま職場へと向かった。しかしあんなに朗らかな性格の美香子が結婚して家を出れば、その後道利と二人になり火が消えた様に淋しくなりそうだとも感じつつ。けれど今日の仲の良い二人を見ていると、これも藤林家にとっては又とない喜ばしい良縁に違いないと自分に言い聞かせた。

それから二~三日後の事だ。美小夜が朝食後にパラパラと新聞を捲っていると、ニュース欄に、又例のシティホテルでの事件が取り上げられていた。

美小夜としては店長も話してくれた様に何かの間違いであろう。一太郎はすぐに警察から戻されるだろう位に予想していたが、それは飛んでもなく勝手な思い込みだった。

山野辺一太郎が義父倉永総厳を、自分に支給される金銭面に関わる不満からの怨恨で腹を立て、故意に階段から突き落とし殺害した、と先日のテレビの時と全く同様に、寧ろ詳しく報じられていた。それも決定的となる証拠は夜八時頃その現場に父娘、一太郎の三人が一緒にいた。それ故全て様子を見ていたというたった一人の目撃者、妻の麗花によるしっかりした、揺るぎない証言だという。

けれど美小夜にはそれも何か直感的に不自然な気がしてならない。あの夜八時頃といえば丁度一太郎と自分が電話で話していた時だ。その後の事なのか？　しかし妻であるなら普通何らかの言い方で夫を庇い、罪を軽減しようとするのでは？　そんな納得できない疑問さえ湧いてきた。

　とはいえ考えてみればこれは美小夜にとっては所詮他人事に過ぎないのだ。しかし四十年振りに出会い、一瞬でも言葉を交わしてみると、子供の頃と変わらず正直で生真面目そうに見える一太郎が本当にそんな事をしたのか？　と、どうしても信じられなかった。

　話を聞いてみれば、折角幸せを摑んだ筈だったのではないか？　ただただ何かの間違いであってくれる事を祈るばかりであった。しかし東京に連行されたという一太郎のその後は？　扱いは？　寝耳に水の事件の真相は、遠く離れている美小夜にはその後全く何も情報が摑めず、分からないままになった。そしてそれから又、時が流れ、三年余りが経ってしまっていた。


「美小夜さん、遂に大恋愛が実って美香ちゃんの結婚式なのね。お目出とう！　それでね。これ私が作ったドライフラワーの花束だけど、ブーケの代わりにプレゼントしたいけどどうかしら？」

「エーッ？　マア、奇麗だこと。これならずっと部屋に飾っておけるし美香子が喜ぶわ。でも忙しい明穂先生にまで御心配掛けてしまって済みません。本当に有り難う御座います」

美小夜はピンクと赤の可愛らしい花束を明穂から押し戴き、何度も礼を言った。

竜彦と美香子の結婚式は一週間後に迫っていたが、この時美小夜は既にＪＡのグリーンセンターにはいなかった。退職して一年前開店した「生花とフラワーアレンジメントの店、明穂」を手伝いそこで働いていたのだった。

明穂はあれから実家の親に頼み込み、倉庫を改造した生花店を開店、それに付随し、アートフラワーのインストラクターとして奥で教室を開いていた。距離的には天神橋を渡ればすぐでそれ程遠くない。

美小夜にしてみれば明穂に頼まれ、産直店からこっそり引き抜かれた様な形ではあったが、それも田舎育ち故、豪華な花々は勿論だが、本当は野や畦道に咲くれんげ草とか種々の可憐な草花に癒され愛着があった。そんな純粋な気持ちからアートフラワーにも興味を持ち、明穂の生花店で働きながら作り方の指導を受けていたのである。

「開店してやっと一年になるけど、美小夜さんに来て貰えたから大助かりなのよ。給料が少なくて申し訳ないけどね。お陰で生花が売れてるだけでなく、アート教室にも最近生徒さんが増えてきてるわ。有り難うね」

「イイエ、こちらこそ。それより美香子の結婚式には人数の関係で御招待出来ず済みません。教会での簡単な内輪だけの式なので。それも主役の二人が全部仕切っていて、私も向こうの親御さんもその言い成り。仲人さんもいないし、私達の若い頃とは違い随分簡素化されたんですね」

「そうそうそれは確かにそうよね。それも時代の流れだわ。でも美香ちゃんの晴れ姿、新郎新婦のお写真位は私にも後で見せて下さる?」

「ハイ、それは勿論ですよ。美香子達は職場近くのアパートに住み、暫くは共稼ぎだそうですが、私はその分肩の荷も下りて手も空くので、今まで以上にこちらで頑張らせて頂けます。今後もどうぞ宜しく」

美小夜の言葉に明穂も承知とばかり、笑顔で頷く。年齢差はあっても長年の付き合いから気の合う二人であった。

やがて美香子の結婚式当日がやって来た。

「母さん、今日まで女手一つで私を育ててくれて有り難う。私も竜彦君と頑張るから母さんもずっと元気でいてよ。今からは旅行だけど帰ったらすぐお土産を持って行くから楽しみにしていてね」

「美香子、気を付けて行ってらっしゃい。お土産なんて気を遣わなくていいから何時でも来たい時に遊びにおいで。竜彦さん、美香子を宜しくお願いしますね」

披露宴も無事終わり、ウエディングドレスから新調したグリーン系のスーツに着替えた美香子は、同色のブレザー着用の竜彦と共に、新婚旅行先であるグアム島へ、空の旅へと出発して行った。見送りの皆に満面の笑顔で手を振りながら。

それは二人を祝福する様に満開のコスモス畑に赤トンボが羽を休める頃、秋半ばの爽やかな日曜日であった。


「アー、美香子達少人数の割には立派な結婚式だったわね。これで母さんもやっとホッとしたよ。後は道利が私と同居してくれる優しいお嫁さんを連れてきてくれれば、もう何も言う事はないんだ。何処かにそんな気立てのいい娘さんはいないものかね?」

結婚式も無事終わりホッとしたのと同時にそんな愚痴話も口を突いたが、美小夜は空港へまでは見送りに行かず、道利の車で式場から直接家路に就いた。

その後市内の二ＤＫアパートに落ち着いた美香子夫婦は、それ以後ちょくちょく実家に遊びに来ては野菜や米などを調達して行った。

　だが二ケ月位したある土曜日の夕方、珍しく美香子が一人でひょっこりやって来た。

　この先に住んでいる友人夫婦の家に用事があり、そこへ立ち寄った帰りだという。

「母さん、あのね。『幸福の手紙』って知ってる？　実はその手紙っていう物が二～三日前に中学の同級生の園田良美《そのだよしみ》ちゃんから私に届いたのよ。御丁寧に差出人の住所と名前が書いてあったのでバレちゃったんだけど、とろくて笑えるよね？『この葉書と同じ内容のものを十四時間以内に九人の人に発送する事。そうすれば幸福になりますが守らなくても不幸にはなりません。迷信と思わず出して下さい』などと書いてあったんだけどね。でもその葉書を私と一緒に読んだ竜彦君が気持ち悪いから返してきたら？　なんて言い出すので、それはそうだ。差出人の名前も住所も分かってるんだし、と思ったのよ。それで家がこの近くだから今日暇をみて返しにきたって訳」

「ヘエ、そうだったの？　幸福の手紙って誰かに聞いた事はあるけどそんな物を返しに行くなんてね？　美香子は本当に大丈夫なのかね？」

　すると当の美香子は母親の目の前で突然ゲラゲラと笑い出した。

「それがさ、良美ちゃんの家に入らせて貰ったらリビングに若い先客さんがいてね。二十歳位の男の子だったけど、私が幸福の手紙の話をしていると良美ちゃんの横から急に口を出してきたんだ。『どれどれ、ちょっと見せて。ハァン、こりゃあ駄目だわ。

住所と名前入りは親切だけどな。俺は東京生まれの東京育ちだからよく知ってるさ。これは元々東京の誰かさん家に最初に届いた物で、そこからズルズルと始まったんだよ。遂にこんな愛知県豊田市の田舎にまで来たのか？　鼠講と同じで一種の犯罪なんだ。母さんの所にも来てたけどこうして破り捨ててやったよ！』そう言うと私から取り上げたその「幸福の手紙」を、その場でビリビリと引き裂くとゴミ箱にポイと投げ捨ててしまったわ。それで私も良美ちゃんも初めは驚いたけどその後サッパリしたのよ」

「何だって？　ホッホッホ、中々思いっ切りのいい面白い男の人だね。その人東京生まれの東京育ちなんだって？」

「良美ちゃんが言うにはね。釣り好きなダンナさんとその秀也とかいう男の子が数日前に釣り友達になったんだって。それで休日の今朝、二人して矢作川で釣った小魚をさ、秀也君が甘露煮にして家まで持ってきてくれたんだってよ。何でも天神橋の向こう、岩津町で料理人の父親が近々和食料理店をオープンする事になった。自分はそれまで東京でフリーターをしていたが、その手伝いをしたくて急いで駆け付けたんだそうよ。只今は料理や和食の修業中だとかで。だからこれはその甘露煮のお裾分けなのよ。ハイ、どうぞ。美味しいわよ」

「へーッ、それは有り難う。お裾分けのその又お裾分けだね。その男の人は秀也っていうのね？　その秀也さんのお父さんが岩津町で和食料理店をオープンするって？」

美小夜は目の前に置かれた小さな甘露煮のパックをしげしげと見詰めた。

東京から来た秀也？　自分の店を持ちたいと言っていた一太郎の義理の息子も電話で話した時確か秀也と呼んでいたような？　それはともかく東京と言われ、今になってふと頭に浮かんだ事がある。それは美香子の結婚式の帰り道、道利の話である。

「母さんが何度も嫁さんがどうのと言うから、一年位前に挙母神社の祭りに行って少しばかりお賽銭を奉納してきたよ。縁談の御利益がありますます様にって」

「ホウ、それは道利にしては感心だわ。でも少しばかりってどの位？」

「まあ、せいぜい二〜三百円かな？　それじゃあ足りなくって、嫁さんが未だに来ないのかしらん？」

「道利ったら馬鹿ね！　本気でお願いするのならせめて五千円札一枚位は入れておけば良かったんだよ。じゃあ今年はそうして、みたら？」

「ウン、今年は何とも言えないけどさ。実は神社のすぐ裏側に会社の同僚の家があるんだ。それで去年は誘われて行ったんだよ。

仲のいい連れの一人が神社の境内で焼ソバとお好み焼きの屋台を出しているから、

昼食代わりに食べに行ってやろうと言われてさ。

　だからお参りはそこそこにして食い物目当てだったのがいけなかったのかな？　だけど行列の後に並んでいる間に、同僚と屋台の連れの可笑しな話を聞かされてさ。まあ俺には無関係な屋台同士の愚痴みたいだったけど」

「そりゃあ挙母祭りはきっと人出が多くて賑やかだったろうね。お前達の七五三の時もそうだったから。それでその可笑しな話ってどんな？」

「その連れが言うには、昨年はこの屋台を東京からの流れ者が、仕切っている親方に借りて使わせて貰っていたんだと。元祖関東風お好み焼きが得意で日銭は少しでもいいからとしつこく頼まれ、親方は何か訳有りとは思った。けれど忙しい時期で、アチコチの祭やイベントに出向かせてみると意外と腕も確かで評判もよかったそうだ」

「へーッ、東京からの流れ者が？　関西風じゃなく関東風お好み焼きねえ？」

「ところがそんなある時、男の仕事中化粧の濃い、髪が長くてど派手な女が訪ねてきたんだと。そしてその男に札束をこっそり手渡すと、耳元で何かブツブツ囁いてすぐに帰って行った。それも中々の美人で服装も垢抜けていたので可成り目立ったのだろう。周りの的屋達が遠慮なくジロジロ顔を眺めていた。ところがその女が帰った後になって、連中の内の一人が大声を上げて喚き出したんだと。『アアッ、思い出したぞ！　あいつ、テレビで見たあの女だ！　自分の亭主が会長だか誰かを豊田のシティホテルの階段から突き落とし殺した。と証言した情なし女だ。亭主が牢屋に入ってる間に他の男に色目を使い貢ぎに来やがったか！　相当な性悪女だぞ！』そしてそんな騒ぎがあった後、それが原因なのか流れ者男はバッタリ姿を見せなくなり、どこかへ消えてしまったそうなんだ」

「フーン。道利、そんな事があったの？　それは本当の話なんだね？　それじゃあその女の人は東京から来たあの山野辺さんの奥さんだったんだろうか？　でもどうしてその男にお金を渡したんだろう？　どういう関係なの？」

　美小夜はつい大声になった。

「母さん、急に山野辺さんとか？　顔色を変えてどうしたの？　そこまでの事は流石に俺も知らないよ」

　単なる他人事として道利の話を聞いていた筈なのに、何故か美小夜の気持ちは揺らいでいた。自分もテレビで見たが、その髪の長い女が本当に一太郎の妻の麗花だったのか？　それとも単なるいい加減な与太話なのか？　はっきり確信は持てなかったのだが。あれ以来何の連絡もないけれど、その話が本当なら一太郎はきっと今ごろ罪を償う為、刑務所で服役しているに違いない。その事だけは確かかも知れない。人の運命とは恐ろしいものだなどと思い、心を痛めもした。

そしてその一太郎に付いてはそれ以前に気になっていた想いもあったのだ。あれは美小夜が中学三年生の時だ。年が明けた一日か二日頃、昼前からボタン雪が散ら付く寒い日だった。あの時も和子に連れられて岩津天満宮へ、高校受験の為の合格祈願に行っていた。その帰り道、石段を降りると坂の途中辺りに可愛い雑貨類、リンゴ飴やイカ焼きなどの屋台がズラリと並んでいた。その中でもたい焼き屋が大繁盛で長い列が出来ていた。美味しそうな匂いがプンプンしてきて、どうしても食べたくなり、自分達二人も列の後に続いた。

その待ち時間の間に和子が「たいやきくん」の話を何だかんだと喋り始めたのである。

当時は子門真人《しもんまさと》の「およげ！　たいやきくん」、ひらけ！　ポンキッキの挿入歌であるが、テレビやラジオでも流行り、爆発的な人気を博していた。

「そりゃあ人間様だって毎日毎日同じ場所で退屈な同じ仕事をしていりゃあ、嫌になって広い海ならず広い世界に飛び出したくなるだろうな。そんであの豊田佐吉様もアチコチ広い世界中へ羽ばたいて行かれたんじゃなかろうか？　そういえば信ちゃんが言っていたが、その佐吉さんもこの岩津天神様へいらっしゃったそうだな。美小夜も頭を下げて天神様によくお願いしたな？　そんならきっと佐吉さんの様に夢が叶う。志望の高校へ入れるに違いないぞ」などと和子にしては大胆な物言いで信江の様に大口を開けて笑ったものである。

そろそろ大人びてきていた美小夜は内心、今からずっと昔の偉い佐吉さんを「たいやきくん」と比べて大丈夫？　失礼じゃないの？　などと顔を赤らめ周囲をキョロキョロ見回してしまった。とにかくそのお陰か天神様の御利益か？　後になって志望の普通高校に入学出来たのであったが。とにかくそれからやっとホカホカのたい焼きを一匹ずつ手にすると、坂を下った横にある駐車場の隅に座り込み、熱い内にと頬ばった。小豆のあんこが美味しくて、つい二人してニタニタ笑っていたが、その時である。制服を着た高校生らしい男の子が一人、雪の舞い散る中、足早に坂を下って行くのが見えた。

ところがその時だ！　男の子が一瞬こちらを振り向いた時、何故か美小夜には五年前から会っていない、あの一太郎ではないか？　と思えたのだ。よく見た訳でもないし、そんな筈はないと打ち消したが、今思うとあれは偶然とはいえやはり一太郎だったのだ。

あの日の夜シティホテルから電話してきて、身の上話なんかをした時、一太郎は雪の降る寒い冬の日、実家へ叔父さんと来ていて、そして大急ぎで岩津天神まで往復したと言っていたではないか？　あの日も珍しく雪が降っていたのだ。

それなら一太郎との再会は四十年後ではなく、それよりずっと前五年後だった事になるが？　多分一太郎の方は急いでいて、木蔭に隠れるようにしていた二人が美小夜と和子だとは気付かなかったに違いない。

高校卒業後、一太郎は豊橋で調理師の資格も取り、世話になっていた強司叔父さんの家を出て、単身東京へ向かった。

その後有名レストランチェーン店サンデリタスで遮二無二働いた。将来は自分の店を持ち苦労を掛けた祖母信江を手元に呼んでやろうとして。

だが当時の社長の娘、麗花と結婚してから次第に運命の歯車が狂っていったのである。周囲には逆玉の輿などと囃され純情な一太郎は最初は嬉しくて有頂天になっていたが、そんな夢物語は長くは続かなかったのだ。

その頃は晩婚の一太郎が四十八歳、麗花が三十六歳、秀也は十二歳だった。

麗花には行く行く社長を引き継ぐ事になる長兄総貴《そうき》がいる。その妹だが総巌に溺愛された一人娘である。我が儘放題に育ち、常に洋服やバッグなどブランド品を漁り、流行にも敏感であったのだ。

一九九一年頃から東京港区にバブル期を反映したディスコ、ジュリアナ東京がオープンし、その際だって華やかな店内の様子がメディアにも注目を浴びていた。

後から聞いた話だが、麗花は高校生の頃から年を偽って、そのジュリアナに頻繁に出入りしていたというのだ。そしてそこで親しくなったのが最初の夫である伸也《しんや》だった。

彼は東京築地で営業していた老舗お好み焼き屋の次男坊だったが、出来の悪いボンボンで仕事も碌にせず遊び歩いていた。

長男夫婦がしっかりしていて後を継ぎ、どちらかというと煙たがられていた所為もあるが、その腹いせもあったのだろうか？　遊ぶ金も両親からたんまりせびり、困っていなかったらしくヤクザ関係の友達《ダチ》と一緒にジュリアナに入り浸っていた。

彼は麗花より四～五歳は年上だったが見掛けは中々細身の色男で金離れもよかった。二人はジュリアナで出会う内に意気投合する仲となり、何時の間にか親に内緒で一間のアパートを借り、同棲生活を始めていたのである。

だがそれを知って見兼ねた双方の両親が、同じ食の世界の事だからと仕方なく二～

三年後には結婚させた。それから暫くは伸也も実家のお好み焼き屋で真面目に働いたが、それも結局半年も続かなかったらしい。

麗花の方はサンデリタス社員という名目で父親に給料を上乗せして貰っていたので、一緒に暮らす二人の生活は困らなかった。だが秀也が産まれると父総巌の態度が急転した。働かずにブラブラしている伸也が孫には悪影響だからと言い出した。そして二人を離婚させ、麗花と秀也を無理やり実家へ引き取ってしまったのだ。

麗花はそんな伸也でも心底惚れていたので嫌がったが、伸也は愚かにも総巌から二〜三百万円の手切れ金を渡され、アッサリ離婚に承知し印を押してしまったのである。

そんな経緯から麗花は不承不承実家で両親と同居する事になったのだ。しかしそんなゴタゴタにかかわらず、総巌のレストランチェーン店は次々と開店、拡張を繰り返し飛ぶ鳥を落とす勢いだった。そして従順な有望株であった一太郎に白羽の矢が立ったという事らしい。

しかし一太郎自身は麗花のそんな過去の痴話話は一切聞かされておらず、総巌には結婚に失敗しての出戻り娘で息子が一人いるから宜しく頼むとだけ言われていた。

「ちょっとあなた、いいかしら？　私も今日は超忙しいのよ。新店舗の客足が伸びず売上が減り、最悪なんですって。それも私の社員教育がなってないと父に怒られたわ。

役立たずの新入社員のお陰で私はこれから当分の間夜も遅くなるのよ。悪いけど夕飯はあなたが拵えて秀也と二人で食べておいて。そうだわ！　お洒落なランチョンマットを銀座で見掛けたからそれも早く仕入れに行かないと！」

麗花の肩書きは一応会社役員になっていたので、結婚後も仕事を口実に夜も頻繁に家を空ける事が多くなっていた。

人の好い一太郎は、それでも自分には勿体ない上流階級の嫁を貰ったのだからと黙認していたのだ。けれど後になって知った事だが、麗花はその間別れた筈の元夫伸也とこっそり会い、夜もクラブなどで一緒に飲んだりして楽しんでいたらしい。

要するに一太郎と麗花の結婚生活は初めから愛のない空虚な、表面上だけのものだったのである。

ところがそれから三年後、総厳は社長の座を息子の総貴に譲り、自分は会長として一線を引き、少し気楽になった。それで春先の気候の良い時期に一太郎の運転で、その家族と共にチェーン店新規出店現場である豊田市に向かう事にしたのである。何故か珍しくその時は麗花も一緒だったのだが。

シティホテルで二〜三泊する予定だったが、ホテルの地下にはトレーニングジムがあり、その奥には卓球台も設置してあった。

その日は事前に、三階のスペシャルルームを三部屋予約してあった。そしてディナーの後、秀也は一人で地下室に遊びに行き、総厳と麗花は何か話がある様子で外へ出て行った。一太郎はその後八時頃三〇八号室の中で一人になり、美小夜に電話を掛けたのだ。

だがそれから七～八分もしただろうか？　電話の途中で外から突然女の悲鳴が聞こえた。麗花の声らしいと思ったので慌てて電話を切り、声のした方へ駆け付けたが、それはフロアの一番左端からだった。

「麗花どうしたんだ？　何かあったのか？」

声を掛けると三階の一番奥にある裏階段の踊り場で、麗花は途方に暮れた様子で下を向き踞っていた。何事かと思った一太郎がふとその階段下に目をやると螺旋階段の途中に誰かが仰向けになって倒れているのが見える。あられもない姿だったが、服装からしてもそれは会長の総厳だったのだ。それから一太郎はバタバタと階段を駆け下り、会長の体を抱き起こし揺さぶってみた。

だが後頭部は何処かで強打したのかパックリ割れて大量の血液が流れ出ており、息をしている様子がない。

「会長、会長、しっかりして下さい。麗花、何をしているんだ！　早く救急車を呼んでくれ！」

ところが一太郎がこの場の状況を麗花に詳しく聴こうとして会長をそっと寝かせ、立ち上がった時だった。ふと外を見ると、突然階段の一番下辺りから外へ走り去って行く人影が街燈の灯りに浮かんだ。足音は聞こえなかったが、後から目で姿を追うと黒の野球帽に上下白っぽい服装で細身の体付きに見えた。

「エーッ何だあいつは？　こんな時に階段の下から？　まさか？」

一瞬不審には思ったが今はそれを気にするどころではなかった。その内すぐにパトカーと救急車が駆け付け、辺りも人集りがしてきたからだ。ところが事もあろうに階段の上からじっと見下ろしていた麗花が、その時になって突如一太郎を指差してこれ見よがしに叫んだのである。

「この男が、この私の夫が父を階段から突き落として殺そうとしたんだわ。本当に酷い男なのよ。早く捕まえて下さい！」

担架を持って駆け付けた救急隊員と警察官に向かって大声で知らしめたのだ。

「エッ？　何ですか？　ホウ？　そうすると奥さんは確かにその時の現場を見ていたのですね？」

ヒステリックな叫び声に総厳の容態を調べようとした警官も驚いたらしいが、一太郎本人もそれ以上に度肝を抜かれ、顔が蒼白になった。

「アッ、嫌そんな、違う！　麗花、おまえ何を言ってるんだ？」

一太郎は余りの事に言葉を失い、首を横に振るばかりであった。

「今日の夕方から二〜三日間は御家族四人でシティホテルにお泊まりの予定だったのですね。事故に遭われた被害者は奥さんの父親である倉永総巌さん。原因その他の状況など詳細に付いては署に同行して貰い、御夫婦別々に事情聴取を受けて頂きます」

一太郎は流石にその場で逮捕はされなかったが、夫婦別々のパトカーに乗せられ、地元の豊田警察署へ連行された。

しかしその後になって総巌の死亡が確認され、麗花は断固として普段から父の態度に不満を持っていた夫の故意による殺害だと主張し続けた。その為殺人者となってしまった一太郎がいくら強く無実を言い張っても警察に信じて貰えなかったのである。

何しろその場の目撃者は麗花だけで、鑑識の見方も、誤って足を滑らせた位ではあれ程の酷い損傷には至らなかっただろう。余程の強い力で突き落とされた結果だと結論付けたらしい。その日麗花の方はホテルで待機という事で帰されたが、その後弁護士を頼んだ一太郎の無実は結局証明されなかった。それでも計画的ではなかったというので、後になって情状酌量だけは辛うじて取り付けられたのだ。その結果、無念にも裁判では五年の実刑が確定し、服役する事になってしまったのである。

しかし一太郎にしてみれば、あの時何故妻の麗花が虚偽の証言をしてまで自分を貶《おとし》めたのかが、どうしても理解出来ず分からなかった。とはいえ本人にその理由も聞けず、不本意にもそのままの状態で一～二年が過ぎ去ってしまったのである。

一太郎は仕方なくその間も模範的な囚人として真面目に服役していたが、そんな時担当弁護士だった河西《かさい》が面会に現れた。七十歳近いというが物腰も柔らかく、低い声で静かに労ってくれた。

「ヤア、どうもどうも。お久し振りです。お体の方は至って健康そうで何よりです。山野辺さんのたってのご要望で元奥さんの行動を秘密探偵社に調べさせましたよ。それで、今日は結果報告に参りました」

「そうですか？　それはどうもご面倒をお掛けしました」

一太郎の服役後二～三ケ月して麗花から離婚の申し出があり、話し合いもしたくないし慰謝料も要らないという。

一太郎は離婚届に押印して送り返したものの、離婚はともかくとして最初から余りに理不尽な態度が続き、どうも腑に落ちなかった。迷った挙げ句河西に手紙を出し、麗花のその後の調査を依頼したのである。

「麗花さんは山野辺さんと暮らしていた都心のマンションを出て、今は又息子さんと共に母親の住む御実家に戻っておられます。そんな状況下、夜になると週に一～二度はタクシーを使い外出する様で、それを調査員が尾行しておりました。すると妙な動きがありましてね。どうも毎回同じ男とスナックやクラブで合流していますが、その相手というのは細身で色男、気障《きざ》っぽい野郎でして。素性を調べてみると、何とそいつは以前に奥さんの亭主だった成沢伸也《なるさわしんや》だったのですよ」

「エッ！　前の夫？　成沢伸也ですか？　会長からも麗花からもそんな名前は聞いた事がありませんが。それじゃあ麗花はずっとその男と？」

「ハイ、二人の間には秀也さんという息子もおりますしね。その関係の悩み相談かとも思いましたが、そうでもなく夫婦同様に親し気に寄り添っていて、もしかしたら山野辺さんと結婚前後も縁が切れずという可能性もあります。然し今は離婚も成立していて不倫がどうのとは言えないし、それはもう問題外です。それより、調査中に意外にも山野辺さんの事件に関係する重大な新発見がありましたよ」

「そういう事ですか。その男が確かに秀也の父親の成沢伸也なのですね？　それで新発見とは？」

「実は二人は暫く会っていない時期もあり、調査が長引きまして申し訳有りません。最近になってその二人が阿佐ケ谷辺りの路地裏を抜けて、珍しく高級感のない場末の居酒屋に入ったそうです」

　調査員も却って潜入し易かったので離れた場所に席を取り、カウンター裏辺りに小型の盗聴器を取り付け、二人の会話を聞く事が出来たらしい。

「麗ちゃん、悪いが後もう二～三百万都合してくれないか？　地方に雲隠れしていたあん時は屋台に来てくれて助かったわ。的屋の稼ぎが少なくて、俺もただ働きさせられてばかりでよお。それにしてもあんなに苦労してクソガキ連中から逃げていたのに何てこった。東京へ戻るや否やすぐこのザマだ！」

「伸也、地方で一～二年ウロウロしていれば事件のほとぼりが冷めるって言っていたんじゃなかったの？」

「そうだよ。だが元はといえばお前の所為だろう。東京では駄目だが豊田のちっぽけなホテルでなら目立たない。秀也もあの頃と違い成長したし、何とかあの山野辺一太郎とかいう面白味のないそりの合わない男と別れたい。そしてもう一度俺と秀也と三人で新しい生活をやり直したい。何といってもあの時は無理に引き離されたんだし、二人で親父さんに頼み許しを請いたい。親父さんと会える様にするから必ず夜八時頃までにはホテルに来て欲しい、今がチャンスだから。そう頼まれて俺も嫌とは言えないだろう？　組の者から一台高級車を借りてすっ飛ばして行ったんだ。なのにあの親父さんの態度は何だ？　俺を見ただけで怒り出して、話を聞こうともせず、帰れ、帰れ、の一点張りで、俺を階段から突き飛ばそうとしやがった。態々東京くんだりから頼みにきたのにと、腹が立って逆にそのまんま下へ突き落としてやった！　だが殺すつもりはなかったし、あんな事になるとは全然思ってもみなかったんだわ！　分かってるよな？」

「そりゃあ私だってそうよ。あんなに父が怒るとは思わなかったし、階段を真っ逆さまに落ちて行った時は驚いて頭が真っ白になった。あの時父には気の毒だったけどさ。もう助からないと思った。だけどあんたの事は秀也にも誰にも言ってないし、あの場から逃がすのにはああやって厄介者の一太郎に罪を被って貰うしかなかったのよ。だからやっと離婚出来たし、それにあんたはあの時、ヤクザ仲間と連んで暴力事件を起こした後で、執行猶予中だった。これ以上警察沙汰になってはあんたも困るだろうと思ってさ」

「そりゃあ麗ちゃんの気持ちは分かるし、逃がしてくれて有り難かったぜ。だけどあん時東京へトンボ帰りして車を返しに行くと、テレビの報道なんかで事件が知られていてよお。俺も友達《ダチ》に行き先を聞かれ、ついポロッと言ってしまってたしな。色々難癖を付けられた挙げ句元嫁の親父はてめえが殺したんじゃねえのか？　怪しいから警察に突き出してやる！　なんて恐喝され、奴等に分からない様に黙って東京から逃げ出すしかなかったんだわ。だけど後で、麗ちゃんの顔がテレビに映っていたとかで、的屋連中に俺の素性までがバレそうになり、仕方なくコッソリ東京へ戻ってきた。そしたら案の定十日もしない内に又あいつ等に見つかってこのザマだ。おまけに警察への口止め料に二〜三百万円払えだとよ！」

仲也が額の茶髪を上に掻き上げると、右目の周りに赤黒いアザが出来ている。その様子は隅っこで監視していた調査員にも確認出来たという。

「とにかくこんな顔では何時も行く赤坂のクラブにも飲みに行けねえだろう？　奴等は口止め料を出せば事件の事は忘れてやると言ってるんだ。俺とお前の仲だ。何とか頼むよ、麗ちゃん！」

「分かったわよ。二〜三百万でいいのね？　来週末までに用意するから。それで今日はこんな薄汚い居酒屋に私を連れてきたって訳？　確かにその顔は人に見せられたもんじゃないけどさ。後四〜五日は家でじっとしてた方がいいって」

仲也の顔を見て麗花は面白そうにフフンと鼻で笑ったが、その後二人は店を出てネオン街の向こうに重なる様にして闇の中へ消えて行ったという。

そんな河西の話を黙って聞いていた一太郎は、自分でも次第に顔色が青褪めていくのが分かった。

「何て事だ！　あの時ホテルの階段下から走り去って行った野球帽の男は、その成沢伸也だったんだ。気が動転していて迂闊だった。警察にその事を言えばよかったが、麗花の言葉に惑わされそれどころでもなかった。もっと早く気付いていたら！」

するとと河西は、悔しそうに顔を歪めている一太郎の前で、今までと一転した厳しい目を向けた。

「そのお気持ちは重々分かりますが、今後どう致しますか？　冤罪という事で山野辺さんの疑いも晴らす事が出来、麗花さんの虚偽の証言も覆せます。私と致しましても協力は惜しみませんが、但し裁判のやり直しとなると中々厄介ですよ。費用はともかく時間が暫くは掛かる上に、一事不再理という刑事上の原則がありましてね」

「一事不再理というと？」

「刑確定後ではそれに関する実体審理や裁判のやり直しはしない。要するに後になって真犯人が判明したとしてももう裁かれないという法律です」

「そうですか？　それでも全てが解決するまでには時間がどれほど掛かるのです

か？」

「分かりません。成沢と麗花さんの出方に寄りますが。例えば逃亡されたりとかのね。しかしいずれ証言台に立って貰う事にはなるでしょう」

「分かりました、有り難う御座います」

一太郎は河西に礼を言い、その場は何も言わず帰って貰った。

やはり調査を頼んでよかった。こうなってしまった自分の愚かさを悔んだが、やっと事件の真相を知る事が出来たのだから。

あれから義理の息子秀也は自分を心配してくれ、何通も手紙を寄越している。出所したら一緒に暮らしたいからそれまで頑張って。などと言ってくれているのだ。

そんな自分を頼ってくれる秀也に、お前の両親が祖父の総巌を殺し自分に罪を擦り付けた卑怯な張本人、共犯者だ。などと今さらどうして知らせられようか。

一太郎は頭を悩ませたが、結局河西には裁判のやり直しは考えず、このまま静かに刑期の終わるのを待ちたいと連絡した。

しかし天の助けかそれから三～四ケ月すると、運良く一太郎の真面目な態度が功を奏し、模範囚として三年半での出所が確定したと、担当の刑務官から告げられた。

河西の報告を受け、精神的に落ち込み、沈み勝ちだった一太郎はこの吉報に久し振りに大らかな笑顔を見せ、小踊りして喜んだのである。

そしてそんな中、待ち兼ねていた出所当日がやって来た。一太郎はやってもいない罪を償った事になるのだが、それでも勤めを終え外に出られるのは嬉しく晴れやかな気持ちだった。手続きを終え、世話になった刑務官の前で深く頭を下げ府中刑務所の門を出た。

ところがである。驚いた事に、ふと気付くと門の外に黒いスーツケースを抱えた、一太郎よりは四～五歳は若そうな男が一人、こちらをじっと見て立っているのだ。

「兄さん、お帰りなさい。この度は本当にお疲れ様でした」

しかも親し気な笑顔で一礼したのである。

「エッ、兄さん？　一体君は誰だね？」

一太郎は驚いて聞き返した。

「兄さん、僕ですよ。赤ん坊の時に別れたまんまの良二です。覚えてないのは無理もありませんが、随分御無沙汰しておりました」

「何だって？　産まれてすぐに母さんに連れられ、岩津の実家を出ていったあの良二、良二なのか？　しかしその良二がどうしてここへ？」

一太郎は余りに突然の事で信じられなかったが、見れば顔付きが何処其処自分に似ている気がして嘘を吐いているとも思えない。

「驚かせて済みません。実はあの婆ちゃんと兄さんが住んでいた岩津の宅地の相続の事で、母さんに頼まれたものだから。東京で仕事をしていると聞き、兄さんの職場を捜して出てきたらもう辞めているという。行方を捜していたら、色々訳があってここで刑に服していると聞いたよ。出所時期を知り、ここへ来ないともう会えないと思ったので、それで」

「そうか、そうだったのか。俺の知らない内に色々迷惑を掛けた様だな。本当に済まなかった。それで母さんは元気なのか？　とにかくここでは何だから、近くで食べ物屋を探して一緒に昼飯でも食べよう」

これこそ今まで会えなかった兄弟二人にとって、五十年振りの思わぬ再会となったのだが、ここにきて一太郎は血の繋がりの深さ、有り難さを感じ母親加代子と良二に後で感謝する結果となったのである。

「婆ちゃんの葬式には行けなくてゴメン。だけど豊橋の叔父さんも三年前に高齢で亡くなっていてね。叔父さんからそれ以前に何度も家に電話があったらしいんだ。今は無人でボロボロになっている岩津の家と宅地をどう処分するか？　相続権のある母さんと僕達二人で話し合って、決めて欲しかったんだそうだ。それも婆ちゃんから亡くなる時に頼まれていたからというんだよ」

「そうか、叔父さんにもずっと世話になりっ放しだった。昔、一度岩津の家の様子を見に行った事はあるが、その叔父さんも三年前に亡くなったのか。婆ちゃんの時には東京から駈け付けたがな、考えてみれば俺も年を取ったし叔父さんが亡くなるのは当然なんだが、ここにいて世間と隔絶していて何も知らないでいた。本当に申し訳ないばかりだ」

「兄さん、それはもういいんだよ。それよりその相続の話なんだけどね。僕も安サラリーマンをしてるけど二十年前に結婚して娘が二人いる。母さんの実家の敷地を分けて貰い二世帯住宅を建てて一緒に暮らしているよ。特別贅沢はしていないが妻も働いてくれてるし特に生活には困っていないんだ。それで母さんと相談したんだけど、母さんも僕も何も貰わなくていい。だから相続権を放棄するよ。岩津の宅地は元々山野辺の長男である兄さんが引き継ぐべきなんだ。だから遠慮なくそれは兄さんに貰って欲しい。今ここに手続きの書類も持ってきてるし、僕達の判子もキチンと押してある。だから後は兄さん、宜しく頼むよ」

兄弟は狭い通り沿いを歩き古ぼけたラーメン店に落ち着いた。その道々良二が状況を事細かく説明してくれたのだ。

「そうか、とにかく母さんも良二の家族も皆元気で良かった。それにしてもこんな遠くへまで足を運んでくれて良二も大変だったろう。本当に済まなかった。有り難う。相続の事はよく考え、後で改めて返事をする。書類だけは預かるが、俺が感謝していたと母さんには伝えておいてくれ」

良二は、母さんも一太郎兄さんの事をとても心配している。今から一緒に家に来て家族に会ってくれ。何だか特別に上手いラーメンを二人で啜りながら、良二はそうも言ってくれた。だが、流石にこんな着の身着のままでは恥ずかしくて顔も出せない。

落ち着いたら必ず次の機会におじゃまますると、一太郎はやんわり断った。

そしてその後岡崎市岩津町の宅地を相続した一太郎が、目出たくも念願の和食店、割烹料理「故郷」をオープンさせたのは、それから一年後の春五月半ばの事だったのである。

「美小夜さん。お早う。ちょっとちょっと聞いてよ。今日はとてもいいニュースがあるの。昨日の夕方美小夜さんが帰った後でプリザーブドフラワーの特別注文が入ったのよ。それがね。この近辺で和食のお店を始めるから玄関に飾りたい。開店花は業者が頼んでくれてるからいいが、なるべく華やかな日本風な物を頼みます。などとオーナー自らがお店に立ち寄って注文してくれたのよ。中々渋い感じの優しそうな料理人さんだったわ。お店の場所も聞いてあるから配達の時は美小夜さんも一緒にお願いね」

「エーッ、和食料理店の特別注文？　分かりました。それは良かったわ！　明穂先生お得意のプリザーブドフラワーギフトなら充分開店花の代わりにもなるし、第一長持ちします。豪華なのは勿論、半永久的なので重宝されると思いますよ」

美小夜が午前九時前、先に生花店を開けて掃除などしていると、そこへ明穂がワゴン車で商品として仕入れた花類などを運んでくる。何時もそんなパターンだが今朝は高価な特注も入ったからだろう。明穂はイソイソと荷物を運びながら嬉しそうだ。

「それがね、急な話で一週間後の開店日に間に合わせて欲しいとおっしゃるのよ。それでそのデコレートする花の材料を仕入先で選んできたところなの。手が回らないから美小夜さんにもお手伝いお願いするわ。それで日本風にと頼まれたし、丁度今の時期しか咲いていない牡丹、芍薬を使い、それに紫の桔梗、後は白や黄色の小菊などちらしてみたいけどどうかしら？」

「それはいいわ。とても素敵です！　和風でしかも豪華ですね。それならお店にマッチして御来店のお客さん達にも大受けですよ。私も喜んで助手をさせて頂きます」

「そおお？　美小夜さんがそう言ってくれると私もやり甲斐があるわ。息子の正明《まさあき》も今年やっと大学に入ってくれて、今は京都で下宿しているわ。美小夜さんと同じで体もやっと少し空いたからその分頑張れるのよ！」

好きこそものの上手なれというが、インストラクターの明穂も美小夜以上に美しい花々に魅せられフラワーのアートに心酔していた。

「それでね。この芍薬の花言葉を知ってる？　序でだから調べてみたの。赤は『誠実』、ピンクは『はにかみ』、そしてなんと白は『幸せな結婚』ですって？」

「アラッ、マアッ、幸せな結婚ですか？　そういえば白いウエディングドレスのイメージですかね？」

開店祝いなのに結婚？　それなら白は不似合いかな？　とでも言いたげか？　軽く首を傾げている明穂を見て、美小夜は口を押さえついフフフと笑い声を漏らした。自分も若い頃、美香子位の時には幸せな結婚生活を夢見た時期もあったが、などと結局叶わなかった遠い昔を思い出しながら。

それから一週間後の夕方だった。美小夜は明穂を手伝い、完成したプリザーブドフラワー入りケースをワゴン車のトランクに慎重に運び入れた。そして助手席に乗ると二人して目の前の国道一四八号線を走り目的の和食料理店へと向かった。

やがて五分も掛からない内にお目当ての看板が左側にあり、その下の太い右折の矢印もよく目立っている。

「割烹料理店、故郷↱」

交差点を右折するとすぐ左側に同じ看板が見え、二十台位は収容可能な駐車場が横長に広がっている。まだ開店前なので店の専用車以外車は一台も停まっていなかったが。

そして明穂の運転するワゴン車はその一番端にスムーズに滑り込んだ。

二人が車から降り、フラワーケースを引っ張り出そうとしてトランクを開けたが、その時だった。正面の和食店舗入り口から二十歳前後らしい若い男が出てきた。手には箒とチリ取りを持ち、店先の掃除をやり始めた。けれど、その内すぐに駐車場の端にあるワゴン車に気付いたらしく、それからノソノソとこちらへ移動してきたのだ。

「あのー。どうもいらっしゃいませ。折角ですが開店は明日の十一時からなんで、看板にも張り紙がしてあるけど？」

明穂に声を掛けてきた。

「エッ、ハイ、そうですよね。私達お客じゃないんですよ。御挨拶が遅れましたが生花とフラワーアレンジメントの専門店なんです。この度は開店お目出とう御座います。御注文を頂いたのでお持ちしましたが、こちらのオーナーはいらっしゃいますか？」

明穂は慌ててバッグの中から名刺を取り出した。

「エッ？　花屋さん？　大将が花を？　だけど開店花なら明日の朝がよかったんだけど？」

その若い男はオーナーから何も聞いていないらしく、渡された名刺を訝し気に覗き込んでいる。

ところがそんな時になって正面玄関の引き戸がガラガラと音を立てて開き、白い割烹着姿の店主がひょっこり顔を現した。

「どうした秀也？　掃除はもういいから中に入って明日の仕込みを手伝ってくれ」

そしてそう声を掛けた時、外に立っている明穂と美小夜の二人にも気付いたのだろう、頭を二～三度低く下げながらゆっくりこちらに近寄ってきた。

「アア、こりゃあ先日はどうも、この先の門の花屋さんだわ？　明日からパートに来てくれる近所の奥さんから評判を聞いたものだから、急な注文で申し訳ない。開店に間に合わせて頂いて助かりました」

美小夜はその場で、一度店主に会っているという明穂と一緒に会釈した。そして頭を上げその顔を間近に見た時、やっとこの店のオーナーが一太郎だったとはっきり知り得たのである。秀也という息子の名前は美香子からも聞いて知っていたが、それでも一太郎は五年前に比べると白髪が少し目立っていたが顔の色艶はよく、以前より却って元気そうに見えた。

自分も同じ様に年を取り老けてしまっているのだから他人の事は言えないと思ったが。

「あのう、今日は。オーナーの山野辺さんですよね？　暫くですがお元気でしたか？　私ホラ何年か前、グリーンセンターでお会いしたあの美小夜ですが？」

以前より性格も外交的になっていたし、懐かしさもあって思わず美小夜の口から言葉が溢れ出た。

ところがJA勤務の時と違い、少しお洒落をして化粧をしていたので雰囲気が変わり、最初は一太郎も気付かなかったらしい。声を掛けられて暫くしてからハッとした様に初めて目を丸くした。

「エーッ、美小夜さん？　貴方はあの藤林美小夜さんでした？」

一太郎は流石にこんな所でこんな時に美小夜に会うとは思わなかったのだろう。それから二～三秒は直立不動のまま無言でじっと美小夜を見詰めていた。

「アラッ、美小夜さんとオーナーはお知り合いだったの？　それならそうと先に言ってくれればよかったのに。美小夜さんも人が悪いわ！」

二人の様子を隣で不思議そうに見ていた明穂の甲高い声を聞き、それから一太郎もやっと我に返った様だ。

「どうもその節は藤林さんにも御心配をお掛けして、連絡もままならず申し訳ありませんでした。あれから何年も御難続きで、色々あったものですから。けれども半年前こちらで開店すると決めた時には、最初に豊田のＪＡグリーンセンターを覗いてみましたよ。ですがその時残念ながら美小夜さんは退職された後だったので」

立ち話になってしまったが、その後美小夜は一太郎の口からやっと過去のシティホテル事件の真相を知った。掻い摘んではあったが、実は一太郎の罪は冤罪だったと初めて聞かされたのだ。

そして自分の思った通り一太郎は無実だったと分かり、長年胸の奥にあった一太郎への疑いや蟠《わだかま》りをその場でスッキリと消し去る事が出来たのである。

「オーナー、素敵だわ！　新築でプンプン木の香りもする風流な和風店舗ですね。お座敷も落ち着くけど、でも割烹料理というと高級だからきっとお値段もお高いんでしょうね？　私達庶民の口には入らないかもね？」

美小夜と一緒にフラワーケースを店内に運び入れながら、明穂がポロリと本音を口にした。

「ハア、料理の値段ですか？　高級といっても東京の料亭と同じレベルでは誰も来てくれませんからね。魚は活きがいいし、味はそのままでお値打ちにしてある上、二度目の来店からは割引きのサービス券もお出しします。是非御家族、御友達を誘ってお越し下さい。腕を振るってお待ち申しておりますよ」

「アラッ、そう？　それなら良かったわ。じゃあ美小夜さんと一緒に伺おうかしら？」

明穂がレジ前で一太郎とそんな話をしている間に美小夜は、ケース入りのアートフラワーを店頭の棚の上に飾らせて貰った。それも玄関から入ると一番目立つ最高の場所を選んで。

『牡丹と芍薬の豪華な花々が露に濡れ生きている様でやっぱり凄く綺麗だわ！』

そう思い自分も手伝ったプリザーブドフラワーを、少しの間ウットリ眺めていたが、その内ふと壁上の方に掛けてある何処にでもありそうな四角い額縁に気付いた。

何だろうと思い、何気なく、その中の教訓らしい文面に目が行きツラツラと読んでみた。
『一つ、志を立てた以上迷わず一本の太い仕事をすればよい
一つ、仕事は自分で見付けるべきもの。又職業は自分でこしらえるべきもの
一つ、人よりよけいに創造的知能に恵まれたのではなく全てが努力の結晶である
一つ、わしの今日あるのは天の心というものだ
一つ、障子を開けてみよ。外は広いぞ
豊田佐吉』
一つ、一つと、最後まで成る程と頷きながら読んでいき、一番下の名前に辿り着いた時、アッと叫びそうになった。
『エッ、これは豊田佐吉さんの？　花火大会の夜一太郎の婆ちゃん信江さんが自慢気にガアガア言い放っていた？　そして失礼にも私の和子婆ちゃんが勝手に「たいやきくん」と比べたりしたあのトヨタ自動車の？　でも何故この額を一太郎さんが？』
美小夜は何だか気になって奥にいる一太郎に声を掛け、来て貰った。
すると一太郎は、いい年なのに子供みたいに頭を掻き掻き恥ずかしそうな様子でやってきて額を見上げた。
「アア、これね。俺が豊橋から東京へ行く時に婆さんが何処からか引っ張り出して、

一枚の紙切れをくれた。餞別代わりだとか言ってね。俺は読みもせずそのまま仕舞い込んでいたが、ここへ引っ越す時になってそれがパラリと古い鞄から出てきたんだ。よく見たら婆さんが俺を戒めようと、子供の頃からよく聞かせてくれていた豊田佐吉さんのお言葉だったんだ。

折角だからここに呼んでやれなかったお詫びに、婆さんへの孝行だと思ってこの店のお宝に、額に入れて飾らせて貰ったよ。どうだい。美小夜ちゃんもこの額気に入ってくれたかい？」

照れた様子でニヤニヤ笑っている。

「エーッ、そりゃあもう！　私も一太郎さんも昔からお婆ちゃんっ子だったからね」

顔を見合わせながら、暫し二人の思い出の時間があの懐かしい花火大会の子供の頃に逆戻りした。

橋の上で美小夜は綺麗な浴衣を着せて貰ってはしゃいでいたし、やんちゃな一太郎は隠れん坊だといって何処かへ行ってしまい、婆ちゃん二人は大騒ぎして捜していたものだ。

それにしても一太郎は大人になっても、信江婆ちゃんから聞いたこの額の言葉を励みに頑張り続け、そして今日やっと夢を掴み取るまでに数々の苦労をたった一人で乗り越えてきたに違いない。私も側にいなくてそれを見守ってあげる事は出来なかった。

美小夜は今そんな想いを胸にすると知らぬ間に涙が頬を伝って流れるのを感じた。

「美小夜ちゃん、今年の岡崎の大花火大会にはまだ後二ケ月あるんだ。何とか店を軌道に乗せられたら昔婆ちゃん達と行ったあの天神橋へ、今年こそみんなで一緒に観に行かないか？　秀也もそれを楽しみにしている様だし」

「アア、その話ね？　父さん、そうしようよ。俺も今から一っ走り開店チラシをアチコチにバラ撒きに行くよ。店は大丈夫だ。心配するな。やるだけやって後は花火の様にパッと明るくポジティブに行こうぜ！」

何時の間にか横に来て二人の話を聞いていた秀也は威勢はよかったが、実は二〜三日前、その秀也に母親、麗花から飛んでもなく憂鬱な知らせが届いていたのである。


実の父である伸也が又もやヤクザ同士の死に至る殺傷事件に巻き込まれ、十把一絡げで警察に拘留されてしまったのだ。その時奴等は自分達を正当化しようとしたのか、腹いせに四年程前に豊田市のシティホテルでサンデリタス会長を殺害したのは、実は伸也であると卑怯にも垂れ込んだのだ。

結局そのシティホテルでの事件に関しても別件で自供に追い込まれる羽目になった

伸也は、罪が重なって七年の懲役を食らってしまったという。

　そして伸也を庇い虚偽の証言をした麗花も同罪となり、彼女はパニック状態に陥ったが、兄の総貴がたんまり保釈金を積んでくれ、何とか上手く保護観察に収まったらしい。

「義父さんが俺の爺ちゃんをホテルの階段から突き落としたなんて初めから可笑しいと思ってたよ。だのに何だよあいつ！　母さんと二人して俺を騙くらかしてさ。あんな父親だけど身から出た錆だ。罪を償って正しい人間になって戻ってくれる事を俺は祈っているよ。それしかない！」

　話に聞くと麗花は一太郎を陥れた事を深く反省しているらしいが、今更何だと言うんだ。それより実の両親の罪深さを知った秀也の気持ちを想うと、一太郎はそちらの方が切なかった。

　しかし、逆にこのままずっと騙され続けるよりはましだったのではないか？　とも割り切れた。母親も亡くなり今は一人になってしまった麗花の方は淋しいから秀也に東京へ帰って欲しいと懇願もしたらしい。しかし秀也はそんな母親に義父さんの店で働きたいからこのまま戻らないと突っ張ねたという。

　自分としても、今は秀也の思う様にさせてやりたい。先々の事は分からないが、ここで修業して食の世界に入るか、それとも将来、サンデリタスの有望株として東京へ戻る事も出来るじゃないか？　それならあんな風に不慮の死を遂げてしまった、孫の秀也に夢を託していた会長への恩返しにも供養にもなるのだろう。

結局これで良かったんだと、一太郎は遠くを見詰めながら目を細めた。

そして翌土曜日の午前十一時、「割烹料理　故郷」は予定通り無事目出たくオープンとなった。特別広々してもいない間仕切りの店内は秀也も予想した様に、すぐに満員御礼となり、パート従業員三人を含めた一太郎達五人は、朝からてんてこ舞いの忙しさとなった。

美小夜はそんな状況を知り、当日は遠慮して他日、美香子夫婦や道利と出掛けるつもりでいた。しかし明穂はそんな中、アートフラワーの生徒さん達二人と一緒に入店したらしい。自分の製作したプリザーブドフラワーの評判も少し気になったからだ。

その後の明穂の話では岡崎市内からだけではなく、物珍しさもあったのか、豊田市からも天神橋を渡って来店してくれる客足が多かったという。

値段が安くて美味しいという評判の他、ご飯もお代わり自由だという、宣伝チラシの効果もあったのだろう。開店当日だけでなくてそれ以後も引き続き繁盛している様子は目に見えていた。

「確かに評判はいいんだけどね。あれじゃあオーナーも忙し過ぎて大変よ。その内体を壊しちゃうわ。奥さんとは離婚して独り身だそうだし、息子さんが一緒にいるとはいってもそれはそれでね。そういえば美小夜さんはオーナーとは昔からの幼馴染ですって？　それなら気心も知れてる様だから暫くお昼の時間だけでも手伝って差し上げたらどうかしら？　ウウン、私の方は今なら生徒さん達にアルバイトを頼めるから何とかなるわよ。お気の毒だからそうしたら？」

「エエッ？　そうは言われても。私なんか駄目よ！　却って足手まといで迷惑掛けるだけなんじゃ？」

美小夜は心配して躊躇したが、明穂は来店客達にプリザーブドフラワーの評判がよく宣伝になっていると気を良くしたらしい。それ故、気を利かせ、その後直接一太郎に電話を掛け聞いてしまったのだ。ところが一太郎はそのお節介をむしろ大変喜び、二つ返事で承知したという。そうなると善は急げだった。美小夜はその翌日からパート見習いという形で「故郷」で働く事になったのである。だが元々頑張り屋でサッサと働き、人にたいする気遣いも心得ていた美小夜は、秀也やパート従業員達にもすぐに好かれ頼りにされる存在になった。昼時間だけというのが何時の間にか長時間になり、しかも殆ど毎日の出勤を頼まれる状態となってしまったのである。

けれどその内段々妙な成り行きになってきた。店内での仕事だけでなく、その他の家事、住居部分の掃除、洗濯なども美小夜が引き受ける格好になってしまったのである。するとそれを見た常連客達からは何と、奥さん、奥さんと呼ばれる様になっているではないか？　それを否定しながらも一太郎と美小夜は満更悪い気分でもなさそうで、恥ずかしそうに顔を真っ赤にしていた。

そんなある時、店を閉めた後で、何故か秀也が真顔になり突拍子もない事を言い出した。

「義父さん、何年か前にチラッと話を聞いた事があったよね。もう会えなくなってしまったけど、昔橋のうえで花火を一緒に見た初恋の女の人がいるって？　もしかしたらその花火を見た橋はこの近くの天神橋で、初恋の人ってもしかしたら美小夜さんじゃないの？　俺は幼馴染みだという二人を見ていたら段々そんな気がしてきたんだよ。それならさ、いっそ結婚して美小夜さんにはこの店に住んで貰ったらどうかな？　その方が父さんも俺も助かるだろ？」

それを聞いた美小夜は流石に小学生の時の事なのに初恋の人などと冗談だろうと笑っていたが、一太郎の方はそうもいかなかった。周囲の目もあるからと、真面目に考え、結局二人はこの年になってなどとは言いながらも、プロポーズもなしでバタバタと二度目の結婚に追い込まれる形となってしまったのだ。それはお互い納得の上での事であった。八十歳を過ぎていた美小夜の両親は初めは面食らって反対したが、道利だけは実家に残って跡を取るならと、結局は娘の幸せを思い承知してくれたのである。

それから一週間が過ぎ、八月の第一金曜、店仕舞いした後の夜の事であった。

「山野辺一太郎さん、美小夜さん御結婚お目出とう御座います。それでは若かりし頃の義父さんと義母さんの何十年振りの再会、それに伴う今日の結婚を祝って乾杯と行きましょう！」秀也が乾杯の音頭をとった。

二人は昼間の内にやっと籍を入れただけであったが、美香子夫婦、道利、秀也や明穂、パート従業員二人も含めた、内輪だけの結婚披露パーティーが取り行われた。美小夜の両親も出席予定だったが元満が夏風邪を引き、咳が酷く、美代子も付き添いで遠慮せざるを得なかったのだ。二人には一太郎が先に見舞いに行き料理と祝いの酒を届けた。

「それでは、今夜は二人の門出を祝い無礼講で飲み明かそうじゃありませんか？」

美香子の夫竜彦までが秀也と声を合わせて叫び捲るので皆ゲラゲラと大爆笑、そして今夜の為の尾頭付き料理が運ばれ、食事が始まった。そんな風に場が和んだ頃になって奥の厨房の方から笑顔の明穂先生がシズシズと現れた。両手に抱えているのは何と大輪の紅白の花束、プリザーブドフラワーであった。

「誠実な人生を重ねたお二人には幸せな結婚を。開店した時の芍薬の花をプリザーブドにして取っておいてよかったわ。お目出とう御座います！　コングラチュレーション！」

気の利いた祝いの言葉を添えてそっと二人に手渡してくれた。

「母さん僕なら爺ちゃん、婆ちゃんが隣にいるから一人じゃないし大丈夫。御心配なく、丁度自立してアパート暮らしでもしようと思ってたところだったよ。だけど飯に困ったらこの『故郷』まで一っ走りするから二人共どうぞ宜しく！」

それは照れ屋の道利にとっては、その時の美小夜と一太郎に対する精一杯の贐《はなむけ》だったのだろう。

それから数時間後、明穂が遅くなるからと言い、パート従業員一人と帰宅してから、一応祝いの席らしくさらに飲めや歌えのドンチャン騒ぎが酷くなった。それは延々と明け方まで続いたが、それでも四時頃になると美香子も竜彦も皆がその辺りに転がってグーグーと高鼾、雑魚寝を始めてしまった。

美小夜も今日羽織った一張羅の着物を普段着に着替え、ボツボツと食事の後片付けなどをしていたが、それでもついに眠気が襲い、部屋の隅っこで、何時の間にか皆と一緒にゴロンと寝てしまっていた。そんなただ慌ただしいだけの新婚の夜であった。けれど朝五時過ぎであっただろうか？　一太郎に「オイオイ」と揺り起された。

花火大会は今夜だが、その前に朝の散歩に行き、二人で新婚初となる特別の日の出を拝もう。店が当分の間は忙しくて新婚旅行どころでもなく悪いけれど、せめてもの記念にそれ位はしておきたい。などと言い出した。

「皆、腹が減れば嫌でも目を覚ますだろう。その前に帰ってくれれば大丈夫だ」などとも言う。そんな夫に妻となった初日から逆らう訳にも行かず、美小夜は眠い目を擦りながら一太郎に手を引っ張られフラフラと起き上がった。

二人してコッソリ店の裏口から出ると外はまだ薄暗い。だが空気もひんやりして眠気もやっと覚めた。そして二人並んで立ち止まり深呼吸した。

国道二四八号線沿いの歩道に出て、ブラブラ歩いてから向こう側まで一気に横断歩道を渡る。そして天神橋の橋の袂へと続く緩やかな坂道に出ると、弱り目の錯覚か細い通路が白く浮き上がり、まるで今日の二人の為だけのウエディングロードの様に見えるではないか?

他にはまだ誰もいない早朝の静けさの中、岡崎寄りの橋の側道を二人して手を取り合い、馴染みの深い豊田市方向へと自然に足が進む。

遅咲きの自分達二人なのだ。けれどこの最後になるだろう大切な出会いが、互いの穏やかなる人生の集結点、そしてまだ少し先に待つ平和な終焉に繋がる事をと、一太郎も美小夜も互いの心の内で祈ったに違いない。

夜は白々と明け、もうじき今日という二人の新しい出発を飾る太陽が昇る。

それは二人に関係なく世界中の何処かで。

人の世がどう変わろうと、どんなに辛く苦しい人生を歩まねばならぬ人々であろうとも平等に。

地球上に生きとし生ける全ての仲間達の為に輝く。そして今は、天神様の宿るおひざ元、赤く染まりゆく朝焼けの中、壮齢ともいえぬ一組の夫婦が仲良く寄り添う。

この暁天《あかつき》の橋の上空、天空にも。


——完——

参考文献

一、『トヨタ自動車の歴史』 実業之日本社 高橋功一郎

二、『豊田佐吉』 吉川弘文館 楫西光速

三、『豊田佐吉の名言格言集』 インターネットより

御協力者様

トヨタ自動車本社、広報部様

豊田市内のトヨタ自動車株式会社及びその関連グループの皆様

豊田市観光協会ツーリズムとよた様

岡崎市観光協会様

料金受取人払郵便

新宿局承認

3970

差出有効期間
2022年7月
31日まで
(切手不要)

郵便はがき

160-8791

141

東京都新宿区新宿1－10－1

(株)文芸社

愛読者カード係 行

ふりがな お名前			明治 大正 昭和 平成 年生 歳	
ふりがな ご住所	□□□-□□□□			性別 男・女
お電話 番号	(書籍ご注文の際に必要です)	ご職業		
E-mail				
ご購読雑誌(複数可)		ご購読新聞 新聞		

最近読んでおもしろかった本や今後、とりあげてほしいテーマをお教えください。

ご自分の研究成果や経験、お考え等を出版してみたいというお気持ちはありますか。

ある　ない　内容・テーマ(　　)

現在完成した作品をお持ちですか。

ある　ない　ジャンル・原稿量(　　)

書　名				
お買上 書　店	都道 府県	市区 郡	書店名	書店
			ご購入日	年　月　日

本書をどこでお知りになりましたか?
1.書店店頭　2.知人にすすめられて　3.インターネット(サイト名　　)
4.DMハガキ　5.広告、記事を見て(新聞、雑誌名　　)

上の質問に関連して、ご購入の決め手となったのは?
1.タイトル　2.著者　3.内容　4.カバーデザイン　5.帯
その他ご自由にお書きください。
(　　)

本書についてのご意見、ご感想をお聞かせください。
①内容について

②カバー、タイトル、帯について

弊社Webサイトからもご意見、ご感想をお寄せいただけます。

ご協力ありがとうございました。
※お寄せいただいたご意見、ご感想は新聞広告等で匿名にて使わせていただくことがあります。
※お客様の個人情報は、小社からの連絡のみに使用します。社外に提供することは一切ありません。

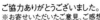

ユッキーとフッチーのミステリー事件簿　第五話

リッチバックドッグ、チャパのお手柄

それは三月初め、少々肌寒くはあったが風はなく快晴のクルーズ日和だった。日曜日の午後一時、愛知県豊田市在住のユッキーこと小木原優紀《おぎわらゆき》と、フッチーこと宮野楓子《みやのふうこ》の二人は共通の友人、梶本恵美香《かじもとえみか》とその夫を見送りに名古屋港埠頭に来ていた。

二人の近隣に居住していた梶本夫婦は現在結婚三年目だが子供はいない。そして夫の仕事で、三年間東南アジア支店であるタイ国へ転勤するという。無論妻の恵美香も同行すると聞いた。それなら長のお別れになるし、この際二人で激励して見送ってあげようというとても親切な流れになったのである。

ところが夫の広明《ひろあき》は酷い高所恐怖症なのでフライトではなく、今回タイ国行のクルーズ船を選んだらしい。

ユッキーとフッチーが埠頭への出入り口辺りでキョロキョロしていると、奥の一団の中から恵美香が顔を出し、その後、手を振りながらやって来た。

夫の親しい同僚が四～五人見送りに集まってくれたらしいのだが。

「マアッ、二人してここまで電車で来てくれたのね。早起きして大変だったでしょう？　でも有り難う。心強いわ！」

「イエイエそれ程でも。だけど三年間なんてあっという間だし、恵美香はダンナ様が一緒だから安心よね！」

「ユッキーの言う通りだよ、住めば都ともいうし、再びの新婚生活じゃん。父さんも言ってたけどタイは物価もだけど、食事処も屋台があって安いから楽に暮らせるって。日本と比べたら天国だってさ！」

ところがそんなフッチーに面と向かうと恵美香は急に眉を顰めた。

「それがそうでもないみたいよ、主人から聞いたけどタイは今、国中に暴動が起きているの。プラコット・チャン・チャオ氏って知ってる？　よく分からないけど思想の強い元陸軍司令官だそうよ。その人の影響から若者が政治改革を求めたり王室を悪く批判したりでね。政治的にも民主化を求める野党が選挙違反で解党されたとか、とにかく今は危険で物騒な国らしいわ」

「フーン、プラコット・チャン・チャオ氏？　そう言われてもタイの国内情勢なんか全然分かんないわ。だけどそれなら恵美香はやたらと外出しない方がいいよ。騒ぎが収まるまで家で大人しくしてた方がいいって」

「私もそう思うわ。首都バンコクでデモ隊にでも巻き込まれたら大変。私もフッチーも一度は観光旅行に行きたいけど暫くは控えた方がよさそうね！」

「エエ、居住予定のコンドミニアムは郊外の静かな地域にあるから一応は安心してるけど。でもタイは元々は自由で大らかな国なんですって。他から聞いたけどタイの犬は放し飼いでのんびりお昼寝してるとか？　それでも忠誠心が強く番犬にもいいんだって。向こうに着いてから私も用心の為に飼ってみようかと思ってるの」

「フーン、それはいいわね。昨今は世界中何処でもペットブームよ。異国でペットなんて寂しくないし、しかも用心棒なら一石二鳥じゃん！」

「そうねフッチー。アラッ、もうソロソロ乗船時間なのよ。主人が呼んでるからここで失礼するわ。落ち着いたらタイの名所旧跡の絵葉書でも送らせて貰うから。それじゃあユッキーもフッチーもお変わりなく、元気でいてね」

「恵美香もダンナ様もね。日本と違うから食べ物とか水には気を付けた方がいいかもよ。じゃあね。頑張って行ってらっしゃい！」

　離れた場所から恵美香を手招きして呼んでいた夫が二人に向かって会釈してくれた。それを合図に友人二人と一人は遂に別れ別れ。名残惜し気に大きく手を振り合い、その後梶本夫婦は名古屋港から船上の人となったのである。

「アア、長の別れか。とうとう我が親しき友が行ってしまったわ。さよならって何時でもこんなに寂しいものなのね」

「ユッキーったらそんなに心配しなくても恵美香には私達と違ってダンナさんが付いているから幸せなんだって！　それより折角ここまで足を延ばしたんだから、電車に乗る前にちょっくらその辺りを探索してみようよ」

おセンチなユッキーに比べフッチーは元々クールでタフな性格である。しかも何に付けても好奇心旺盛でロビーから外に出ると右左をキョロキョロ見回している。

「フッチー、そうは言ってもここでゆっくりは出来ないわよ。名駅の地下街で買い物をして、ホラ美味しい焼き立てパンのお店にも寄る予定だったのでは？」

「分かってるって。でもこの辺りでも何か海の潮風を感じるし心地いいよ。クルリと一回りするだけだからさ」

フッチーが大きく深呼吸しながら先にサッサと歩き出せば、ユッキーも仕方なく後に続くしかない。ところが通りをアチコチウロウロしていたフッチーがその内道路の向こう側、隅っこに目を留めた。

「フーン、見てよ！　あんな所にペットショップがあるよ。恵美香にも言ったけど今世結構なペットブームだし、ユッキー、参考の為にちょっとだけ覗いてみようか？」

入り口のピンクの看板が、犬猫の可愛らしい写真やイラストのチャーミングな、小規模なペットショップだった。とはいえフッチーでなくても誰しも初めて見る町の光景は際めて珍しく、新鮮なものである。

ユッキーもついその気になり、二人してレッツゴーと足並みを揃え目の前の車道を突っ切った。

ピンクの看板のその下にあるさらにピンクのドアをそっと開けると、中から一斉にワンワンキャンキャンと騒がしい鳴き声がした。見れば目の前にはペットの入った大小二段式のケージが所狭しと並んでいる。首を伸ばして店の奥を覗くと小さなカウンターがあり、そこには眼鏡を掛けた中年の女性店員が声を高くし、丁度携帯で電話中だった。

一応「今日は」と声を掛けてみたが気付かない様子である。どうせ見学だけだからと、そのままこっそり中に入らせて貰う事にした。

「ワーッ、フッチー見てよ！　ケージの中のどのワンちゃんも猫ちゃんも毛並みが綺麗、モフモフ、フワフワで癒されるわ！」

「そりゃあ御覧の通りよ。でも残念ながらケージの下のお値段が問題！　この黒いトイプードルは二十万円、これはコーギー、エリザベス女王のペットと同種類だけど三十万円、お目々が丸いキューとなチワワは何と六十五万円もするわ！　エーッ、あちらの猫ちゃんはアメリカンショートヘア、血統書付きで二十万円か？　このお値段では私達にはちょっとね。ユッキー、欲しくても手が出ないって！」

アメリカンショートヘア

見学のつもりなのにフッチーはやっぱり買えないと分かるとうんざり顔で、珍しく溜め息を吐いた。

そんな様子が面白くてユッキーはクスクス笑い出したが、その時後ろでバタンとドアの閉まる音がした。

「コンニチハ、お嬢さん、ここ失礼します。お二人さんはドッグ好きですか？」

何かタドタドしい日本語に振り向いた。するとヒョロリと背の高い、浅黒く剽軽そうな顔付きの男が二人の前でニンマリと笑っている。その目は垂れ目でイケメンには程遠い感じだ。突然なので少々驚いたが、当然来店した客だろうと思った。だがフッチーがそれ以上に目を見張ったのは男の足下に平伏し、細いしっぽをユラユラ振っている灰色っぽい一匹の犬だ。耳はピンと立ち手足は細く長い、体はモフモフではなく全体がのっぺりしている。顔も異様な感じで恐そうにも見え、例えば贔屓目に見たとして、ケージ内のどの犬に比べても少しも可愛くない。今までで余り見た記憶もない種類だと思った。

とはいえ好奇心の強いフッチーが、つい珍しくてジロジロ見回していると、あろう事かその妙ちくりんな犬とバッチリ目が合ってしまったのだ。しまった、と思って顔を背けたが既に遅し。その途端、犬はワン、と一声吠え、その後意外にもフッチーにスリスリ擦り寄ってきたではないか？　初対面なのに何て人懐っこいと少したじろいだが、その場面を見ていた飼主らしき男はニンマリから更に目を細くし嬉しそうだ。

「私のドッグあなたとても好きと言っていますよ。だから三日間だけこの犬をレンタルして下さい。そうすればここで高いの飼わなくていいよ」

何処の誰かも不明な、しかも外国人だろう男なのだ。フッチーは警戒して一歩後ずさりした。

「エーッ、レンタルって何？　犬は物じゃあるまいし急にそんな話をされても困るんですけど？」

「アア、スミマセン、ドモ失礼しました。私タイ人でプラコッタ・チャク・チャイいいます。このドッグはタイ原産、狩猟犬でリッジバックドッグ、名前はチャパです」

「狩猟犬のチャパ？　道理で恐そうな顔。それにしてもタイ人のプラコッタ・チャク・チャイ？　少し前何処かで名前を聞いた様な？」

「私さっきチャパと一緒に名古屋港で下船し、レンタカーを借りてここまで来たよ。五日間だけ仕事休み日本観光に来たけど、その前にチャパをこのペットショップに預けようとした。だけどチャパは小犬じゃなく成犬だし、狭いケージが嫌いだから可哀そう思ったよ。それで偶然入り口で値段見ているお二人さんの話聞きました。ドッグ好きな人、私も好きだからどうぞお願い。飼うのも家の外でいいよ。番犬になるからレンタルしてくれると私もチャパも嬉しいです」

リッジバックドック、チャパ

　犬は飼い主に似るというが、このタイ人プラコッタも随分人懐っこかった。とはいえ正直そうで悪い人間には見えない。年齢もフッチー達と同じか少し若そうに思えた。

「そりゃあ、小犬じゃないからケージの中じゃあ窮屈で嫌かもね。だけど可哀そうといわれても私達も今、名古屋港で友人を見送り、豊田市まで電車で帰るところだしさ。犬を連れては行けないよ。それに言っとくけど私達、お二人さんじゃなくて名前はフッチーとユッキーだってば！」

この時間帯の発着からするとプラコッタは多分、恵美香夫婦が乗船したのと同じアジア便のクルーズ船でやって来たと思われ、無下に断るのは気の毒な気がした。だが無理なものは致し方なかったのだ。

ところがプラコッタの反応は予想外で、又もやパッと明るい笑みを浮かべ楽しそうに頷いた。

「オーッ、お二人さん、でなくフッチーさんユッキーさんはとてもビッグラッキーです。私、今から静岡の沼津行くよ。豊田市よく知ってる。車の町だから途中で同じ方向ね。レンタカーでチャパと一緒に家まで届けてあげます。サア、これで決まり。いいね？　アリガトゴザイマス！」

「エーッ、私達を家まで送り届けてくれるって？　このチャパと一緒に？」

フッチーがそれでも言葉に詰まり返事をしないでいると、ユッキーが横から口を挟んだ。

「そういえばゴメン、うっかりしてたわ。家の母さんが猫好きで猫派なのよ、近い内に市役所に行き保護猫を引き取るって言ってたっけ。だから悪いけど私の家は駄目なのよ。でもフッチーは犬派でしょ?」

猫派、犬派といわれてもフッチーはピンと来なかったが、悲しそうに見える目を自分に向けているチャパの顔が何故か可愛くなり、結局断り切れなかった。

「犬小屋はないんだ。本当に家の外で野ざらしでいい? そりゃあ三日間だけなら親に頼めば何とかなると思うけど?」

先刻恵美香に聞いた、タイに住む自由な放し飼いの犬を思い出していた。だが、フッチーが承知した途端、プラコッタと一緒にチャパもニタリと目を細くして笑った気がした。『人の言葉が分かるのかしらん? それにしても犬は笑わない筈だが?』

とにかくその後は善は急げとばかりプラコッタに急かされ、外に停めてあったレンタカーに乗り込んだ。

「これチャパの食事ね。朝晩二回手で一掴み。このビスケットは犬用のおやつです。余り沢山はやらないで! 食べ過ぎるとお腹に悪いし太るから駄目ね」

ちゃっかりと今ペットショップで買ってきたという二袋を後部座席のフッチーに手渡した。愛想よくウインクまでして。

それからプラコッタは慣れた運転さばきでスムーズに車を出し方向転換をした。

「ナビを設定したから高速に乗れば豊田市までは三〜四十分で行くよ」

走行中、チャパもフッチー達の足下にゴロンと寝そべって安心した様子で、プラコッタはその内ポツリポツリと言葉を口にした。

「日本人皆親切、お陰で助かったよ。私も将来は日本に住みたいです」

「エエッ、でもタイだって物価は安いし、郊外なら安心して暮らせるって恵美香に聞いたけどさ？」

フッチーがつい口を出した。

「だけど今は暴動酷いです。貧富の差が大きくて政府と対立し軍や王室を批判すれば拉致暗殺も厭わない。だから外国へ亡命する人もいます。タイは本当は昔から微笑の国といわれ自由で平和な国、古くからの世界遺産や観光地も沢山あってドッグが自由に住める小島もあるよ」

後ろの二人はプラコッタに恵美香と同じ様な事を言われ、何だか気が滅入った。

「アア、そうだわ。その素晴らしい観光地の穴場を私達に教えて貰えないかしら？今は駄目でもその内フッチーと二人で旅行したいのよ。ねえフッチー？」

自国を想う故か、投げやりに聞こえたプラコッタの言葉も、ユッキーの質問で明るく切り換わった。

「チャイ《ハイ》それならお任せ下さい。首都バンコクの三大寺院とか世界遺産スコータイ、プーケット島巡りやチョンブリー・パタヤビーチ、ダムヌンサドゥアック水上マーケット、色々沢山だけどタイ古式マッサージは世界一気持ちいいし、トムヤムクンの世界三大スープがタイの名物料理だよ」

　カタカナの地名ばかり並べられ、名所については実際行かないと全く分からなさそうだ。二人はチャパにドッグ用のビスケットを食べさせながらフンフンと聞き耳を立てていた。

「特にお勧めは世界遺産アユタヤ王朝のワット・ローカヤスタラーム。巨大な寝仏です。それからその昔アユタヤ王朝が栄えていた頃タイはシャムといわれていた。その頃シャムには日本から武将山田長政が渡ってきていました。フッチーさん知っていますか？」

「ハアッ？　突然何よ、山田長政っていう日本人が？」

　プラコッタがスラスラと日本人の名前を口にしたので、フッチーは思わず驚きハスキーな声を張り上げた。

「山田長政って確か商才が優れていて、江戸時代前期に東南アジアで活躍した人よね？」

　ユッキーの方は流石に豊田市内の交流館、趣味の歴史講座に通っているだけあり興味津々だった。

「チャイ《ハイ》シャムに日本人町を作り、ジャパニーズドリームを叶えた素晴らしい英雄です」

「ワーッ、本当？　凄いじゃん、アメリカンドリームならずジャパニーズドリームね？」

　フッチーも何時の間にかユッキーに釣られて、話にのめり込み相槌を打った。

「だけど日本は江戸時代に鎖国になり長政は故郷へ帰れなくなりました。それでタイに葬られて墓があります。タイで一生を暮らしたので長政の血を引く子孫もいる。信じないかも知れないけど私も遠い親戚の一人です。長政は日本の静岡県沼津市で誕生したと聞き、私もその沼津市へ一度行ってみたくなりました。だから日本語も一生懸命勉強したよ」

「マアッ、そうなのね？　それでプラコッタは日本語が上手なんだ！　それにしても日本人の私達が初めてタイの人に山田長政について教えられるなんて、その上子孫で遠い親戚なんてね？　聞いてみれば、プラコッタは凄いわ！　ねえ、フッチーもそう思うでしょ？」

　ユッキーは酷く感心していたし、それでフッチーも今までとプラコッタを見る目が変わった。

「そりゃあ凄いよ、プラコッタは遠い親戚といっても日系三世のアジア人？　という事は私達日本人とも満ざら赤の他人でもなかったじゃん！」

「フッチーさん、ユッキーさん日本人、外国の人とても警戒するね。でも私悪い人じゃないと信じてくれてドモアリガトウ」

　プラコッタが本当に日系三世か四世かは定かでないが、嘘を吐いてるとも思えず、その後車内は急に和気合い合いの打ち解けたムードに包まれた。

　そんな中車は暫くして無事フッチーの自宅に到着したのである。


「お陰で二人分、帰りの電車賃浮いたわ。プラコッタ有り難う。そうそうここに私のスマホ番号と住所も書いておくけど、三日後には絶対チャパを迎えに来てよね。約束だから！」

「分かりましたフッチーさん。その間にチャパに何かあれば私の携帯に連絡して下さい」

という訳でフッチーとプラコッタはスムーズに互いの携帯番号を交換した。

「じゃあプラコッタ、チャパは私に任せて大丈夫、でも沼津まで先は長いから運転には気を付けてね！」

四時少し前だったがプラコッタの車が豊橋方向に走り去った後、ユッキーの方も駐車場に停めてあったマイカーで帰宅して行った。

「フッチー、チャパの散歩忘れちゃ駄目よ。又電話するから！」

などと車の窓を開けて黄色い声を張り上げながら。

フッチーは最初にチャパを玄関に連れて行き、その横の柱にリードを縛り付け、下に古い玄関マットを敷いてやった。ウン、これで如何にも番犬らしいし、玄関の庇で何とか夜露も凌げるだろうと乙に澄ましていた。

ところが丁度その頃、外出していた弟の賢吉《けんきち》が帰宅し、チャパを見て驚き一騒動となった。

「へーッ、これが珍しい血統書付きのタイ犬だって？　たった三日間でもその間に大怪我でもさせたらどうするの？　病院の支払いとかも補償しなきゃなんないし、責任重大だよ！」

賢吉はフッチーより二歳年下で、父親の剛吉《ごうきち》とよく似た話し方をする。豊田市内の自動車関連会社に勤務していて今日は休日だった。

「そう言われてももう預かっちゃったしさ。心配する事ないって！　そういえば賢吉も父さんも最近太り気味だよ。ダイエットになるし散歩に連れてくといいじゃん！」

そんな感じで賢吉の方はいい加減に言い逃れたが、その後すぐ両親二人が買い物から帰ってきて又もや一悶着である。それも当然で、自分が誰にも相談せず勝手にチャパを家に連れてきたのだから仕方がなかった。

「何？　初めてペットショップで会ったタイ人からこの犬を預かった？　どう見ても恐そうな変顔だが始末に困っての捨て犬じゃないのか？　予防注射済みだろうな？犬の身元は確かなのかい？」

「マアッ、父さんったら身元がどうのって人間様じゃあるまいし。そういえば最近ちょくちょく近所に下着泥棒が出るって噂になってるわ。楓子が世話してくれるんだし番犬に丁度いいじゃない？」

母親の美也子《みやこ》が庇ってくれて何とか事無きを得た。ところがそんな話の様子が分かるのか、賢吉や剛吉の時はそうでもなかったのに、チャパはしっぽを振り振りフッチーの時同様すぐさま美也子には懐いてしまった。

そんなこんなでチャパの一時預かりは危うかったが賢吉も剛吉も特別犬嫌いでもない。納得させた後はフッチーも大満足。三日間だけでも念願の飼い主になれるのだからと上機嫌だった。晩御飯前には早速、家の前の道路からチャパのお散歩デビューに出掛け、戻ってからプラコッタに言われた通り水とドッグフードを一掴み。だがチャパは即座に平らげ少々足らない気もしたが？

そしてその夜は通常より早目にベッドに入った。何故なら明朝より三日間は早起きしてチャパの散歩や食事などの世話をせねばならなかったからだ。横になってその散歩コースもアッチコッチと考えパズルみたいにして楽しみながらやっと眠りに就いた。

だがそれから三～四時間後、十二時過ぎになると玄関から突然ワンワンとチャパの鳴き声が？　家族は皆就寝中であるが、フッチーは目を覚まし二～三分間はじっと様子を見ていた。けれどもその後も激しく鳴き続けるので仕方なくムックリ起き上がった。眠い目を擦りながら、

「何だろうこんな真夜中に？　プラコッタがいないのでホームシックかそれともお腹が空いたのか？」

家族が起き上がる前にと、慌てて階段を駆け下り玄関の鍵を開けた。

「チャパ、どうしたの？　よしよしビスケットをあげるから静かにしてよ！」

優しく撫で撫でしてやろうと思ったが、何故かチャパは家の外の道路に顔を向け足を踏ん張って吠え続けている。流石にフッチーもおかしいと思い、家の前から続く斜めの道路に目を凝らしてみた。

すると何という事か？　ボンヤリ明るい外灯の下を誰かが逃げる様に走って行くのが見えた。一瞬黒の帽子、黒のコート、黒ずくめの男らしい後ろ姿が浮かんで消えて行った。

「アレッ？　何だろうあの男？　嫌だ！　まさか母さんの言っていた下着泥棒じゃあ？」

フッチーはギクリとして眠気も覚めてしまいすぐに辺りを確認した。洗濯物は干してなかったからよかったが、家の中から懐中電灯を持ってきて庭の周りをグルリと偵察してみた。だが窓も玄関も施錠してあったし、地面に足跡らしきものも残ってない。

『犯行現場は目撃してないけど、もしやウチじゃなく隣の家だったりして？　だけど何も盗られてないんだし、まあ放っとけばいいか？　きっとチャパが追い返してくれたんだ。チャパ有り難うね！』

チャパもやっと鳴き止んだので、褒美に二～三個ビスケットをやりながら安易にそう考えた。

ところが翌朝になってみると、想定外なる別の事件が勃発していたのだ。

「起きなさい！　楓子ったらまだ寝てるの？　早く仕度しないと会社に遅刻するわよ！」

美也子がフッチーを打たき起こしに二階へ上がってきてから初めて目が覚めた。慌てて飛び起きたがまだ頭がボーッとしている。

「賢吉がチャパの散歩に行ってくれたからよかったものの初日からこれじゃあね？」

「エーッ、しまった。私とした事が！」

昨夜遅くチャパの様子を見に行ったお陰で、その後グッスリ気持ちよく寝過ぎた。目覚まし時計の音にも気付かなかったらしいのだ。

「母さんがさっきドッグフードもやっておいたから大丈夫よ。でもそれどころじゃないわ。昨夜の内に近くの児童公園で殺人事件が起きたのよ。新聞配達のおじさんが今朝になって男女二人が殺されてるのを発見したんだって、朝っぱらから警察が来てるし御近所さん達も恐がって大パニックよ！」

「へーッ、公園で殺人事件？」

「何でも二人とも体中が血まみれで倒れてたって。恐ろしいわね！」

　フッチーは頭を傾げながら、ふと昨夜の黒ずくめ男の後ろ姿を思い出した。だが今は遅刻ギリギリ状態で、事件の事で騒いでいる美也子にその男の話をする余裕はなかった。

「いいからトーストと牛乳はここよ！」

　美也子に急かされトーストを口に咥え、牛乳をガブ飲みの恥ずかしい御出勤となってしまった。それでも車で公園の前を通る道すがら、態とカーブをゆっくり曲がり人集りを覗いてみると、青いシートの下から瞬間的にチラリと見えた女性の派手な金髪と真赤な洋服、男は青っぽいジャケット姿で重なる様に横たわっていた。

『フーン、遺体は昨夜の男じゃないみたいだけど、だとするとこの事件とは無関係？』

　フッチーは何故かその時第六感というか吹っ切れないモヤモヤした気持ちになった。だがそれどころでもなくひたすら会社へ急がねばならなかった。月曜日は朝礼もあるので遅刻だけは何とか避けたかったのだ。

「アラッ、フッチーお疲れ様、今日は早かったのね？　じゃあ早速だけどチャパのお世話をお願いね。まず玄関横にあるドッサリのウンコを取って頂戴！」

フッチーの帰宅後の事だ。

遅刻は免れたものの、チャパが心配で慌てて帰宅すれば飼い主の大事なお仕事が待っている。

「楓子、散歩に行く時公園は避けた方がいいわよ。事件捜査で中は立入禁止になってるから」

ウンコを片付けた後散歩に出掛けようとすると、美也子がそう言いながら家の中から声を掛けてきた。

「母さん、そうだ。今思い出したけど昨夜遅く家の前で変な男を見たんよ、黒帽子に黒のコートも着てたけど何だろう？」

フッチーの話に美也子も外に出て来て怪訝な顔をした。

「十二時頃って、そういえばチャパが酷く吠えてたけど楓子が様子を見に行ってくれたのね？　でもそんな不審者を見たのなら早く警察に知らせなきゃ！」

「下着泥棒だったらチャパに吠えられるからもう来ないよ。何も盗られてないし大丈夫だったら！　絶対チャパがいてくれてよかったじゃん！」

フッチーはアッケラカンと言い捨てサッサとチャパを散歩に連れだした。だが美也子は剛吉に相談し一応警察に届けると言う。とはいえその後も男は現れず何の被害もなかったので結局二〜三日後、警官が見回りに来て、戸締まりなどの注意をされただけで何事もなく済んでしまった。

　そしてそれ以後チャパも夜中に吠えたりはしなかったし、朝晩の散歩もフッチーと一緒に元気よく走っていた。万事上手く行っていたのだが、ところがプラコッタとの約束の三日目になって重大なトラブルが発生した。迎えにくる筈になっていた時間が過ぎてもプラコッタが現れなかったのだ。そのまま四日目になり心配になったフッチーから連絡を入れてみたが、携帯の電源が切られていた。何と通話不可能な状態になっていたのだ。

　旅先の都合で予定が変更になったのだろうか？　それならプラコッタの方から何か言ってくるのでは？　そう思い、気にしていたが、それから二日経っても連絡が付かない。フッチーとしては強引に連れてきた手前、家族には相談し辛いからと、思い余ってユッキーに救いを求めた。

「エーッ、そうなの？　チャパはとっくにタイへ帰国したと思ってたのに、まだ迎えに来てくれてないの？　静岡へ行くと聞いたけど何かあったのかしら？　連絡が付かないのはおかしいわ。でもこれ以上待ってもウンともスンとも言ってこなくて駄目なら、ウチのこまちゃんみたいに市役所に連れて行って、保護犬として引き取って貰うしかないわね？」

「エッ、こまちゃん？　こまちゃんて何？」

「ホラ、先日話したでしょ？　昨日母さんが引き取ってきた保護猫よ。女の子だし母さんと二人で考えて小野小町《おののこまち》から小町って命名したの。おしとやかでピッタリのイメージなのよ」

「ハアッ？　おしとやかな女の子？　成る程、じゃあレディ小町ね？」

「いい名前でしょ？　可愛いんだけど猫は放し飼いだからね。懐いてくれるまでおしっこや食事まで世話が大変で、私も今日は忙しいし落ち着かない日なのよ」

「フーン、猫派は猫派でそれなりに意外と御苦労なんだ！」

　何時もの様にスマホで長話ししようと思ったが断られた。けれど明日、日曜の午後買い物序でにフッチー宅に立ち寄るとユッキーは言ってくれた。

　ところがその翌日の午前十時頃だった。

レディ小町

「あのう、宮野さん？　フッチーさんですか？　遅くなってゴメンナサイ。私プラコッタです」

心配していた最中やっとフッチーにプラコッタから電話が入ったのだ。

「エエッ、プラコッタ？　プラコッタなのね？　ああよかった。私、事故にでも遭ったんじゃないかと心配してたのよ。何かあったの？　だけど一体今までどうしてたのよ？」

「チャイ、チャイ、それが今まで色々と大変で静岡へは行けませんでした」

プラコッタは今日三時にはチャパを迎えにくると言ってくれたのだが、何故か以前に比べ声が小さく元気がない。

「他のタイ人と間違われて今まで豊橋ポリスに拘留されていたよ。携帯も取り上げられたけど、今日やっと私の疑いが晴れて出して貰えた。それで急いで電話しました」

「エエッ、豊橋の警察署？　何で？　じゃあ行く途中で酷い人身事故でも起こしたとか？」

フッチーはびっくり、大真面目でプラコッタに聞き返した。

「そうじゃないよ。最初の日、静岡方面へ向かい国道一号線を走行中、私をずっと尾行してくる変な車に気付いたんだ。バックミラーでよく見ると運転席と助手席に黒いサングラスの男が二人、だけどとても気になったのは後ろに金髪で赤い服の女が一人。その人は私が名古屋港の待合ロビーで出会った人の様な？」

「何ですって、車内に二人の男と金髪の女を見たの？」

「下船したあの時、私はチャパを連れ、隅っこのベンチで予約したレンタカーが来るのを待っていた。新聞を広げて読んでいたら金髪で赤いスーツの女の人が来て、突然私の横に座り小声で話し掛けてきた。だけど読んでいた新聞に顔を突っ込んだのでびっくりしたよ。私はよく見てないけど、同じ船の乗客だといい、聞かれたのでつい日本観光目的で静岡へ行くと言いました。」

「エエッ、不用心じゃん。突然話し掛けられた人に行き先を教えたの？」

「犬が好きで飼った事もあるからと、チャパの頭を撫でたり、持っていたバッグから何かお菓子を出して食べさせたりしてくれたよ。チャパも綺麗な女の人を好きだから喜んでいたし、それでつい教えてしまった」

「ハアッ？　チャパが綺麗な女の人を誰でも好きなんて今初めて聞いたわ！　人間みたくそんな浮気犬だったなんて！　でもそれはそれとしてね。今思い出したけど家の近くの公園で殺害されたのも金髪で赤い洋服の女よ。それと男が一人？　詳細は分からないけどこれって偶然？」

「そうですか？　偶然といわれても同じ女の人だったかどうかなんて私にはよく分かりません。だけど車で豊橋まで走行してから急に恐くなり、途中でポリスボックスを見つけたので駐車場に車を突っ込み中へ逃げ込んだよ。助かったと思ったのも束の間、ポリスに私がタイ人なのでタイ暴動の関係者じゃないかと間違われました」

「タイの暴動？　その話は恵美香からも聞いたけど、一体誰と間違えられたって？」

「元陸軍司令官プラコット・チャン・チャオ氏が、日本に亡命したらしいというデマが流されていて警察もそれを知っていました。私の名前が似ていたし所持品を調べられた。船内で読もうと参考の為に持ち歩いていた、国家思想的な書物を車内から三〜四冊発見されました。その事から私が国家組織的な暗殺団に命を狙われ、尾行されている危険人物ではないかと疑われたのです。私は一生懸命否定したけど何故尾行されたのかは理由が全く分からなかった。身の安全の為だといわれ、仕方なく手続き上の身柄取り調べ期間が過ぎ、疑いが晴れるまでポリスの言いなりになるしかなかったんだよ。後でただの観光者と分かり結局尾行も気の所為じゃなかったかといわれました」

「そ〜んな！　それで一週間も？　でも確かにその間身の安全は保障されたのよね？それはそれでよかったじゃん。そういう事ならもう大丈夫！　何かあれば警察が付いているし。それじゃあ話は後でゆっくり聞くから道中気を付けて、プラコッタ、三時には必ずチャパのお迎えお願いね。とにかくユッキーも心配してたからすぐ知らせておくわ」

フッチーは一旦電話を切り、その後間を置かずユッキーに連絡した。チャパをどうするかの話で午後家に来てくれる筈だったが、もうその必要もなくなったからだ。

「アラッ、そう？　プラコッタが迎えに来てくれるって？　よかったわね！　それなら今日は私も行くの止めとくけど、実はあれからチャパが心配で親戚の小母さんに聞いてみたのよ。どちらかというと犬派で以前から飼いたいと言ってたから」

「エエッ？　チャパの事小母さんに聞いてくれたんだ？」

「そうなのよ。ところが既に遅かりしで、二～三週間前に知り合いからトイプードルの小犬を譲って貰ったんだって。色が茶色の元気な男の子だから茶太郎、茶太《ちゃた》って呼んで可愛がってるそうよ！」

「フーン、茶太？　何か名前がチャパと似てるわね。どんなワンちゃんか見てみたいけどさ。でも今日はこっちのチャパともお別れだし、多分忙しいかも。そんな訳だからさ。ユッキー、来週一遍お茶でもしようか？」

「ウンいいわ。そういえばロベルトからフッチーの婚活パーティーは何時頃にしたらいいかって電話があったのよ。だからその返事もしなくっちゃ。来週までに考えておいてね」

「エーッ、その話？　蒲郡のホテルラウンジでの？」


ユッキーとその恋人であるフレンチ刑事《デカ》ロベルト、そしてフッチーの三人は縁あって蒲郡市三谷温泉で、バイキング料理の美味しい人気ホテルに一泊した。その折ロベルトが何時までもパートナーのいないフッチーを心配して、婚活パーティーを提案したのだ。

勿論ユッキーも賛成したが、いくらバイキングが食べ放題とはいっても、それに付いては、フッチーは今さら気が進まない。以前一度成り行き上の婚活に失敗した事があるお陰で、苦手意識を持ちつつそして面倒臭くもあった。いっその事垂れ目は我慢して、今回行き掛かり上知り合ったプラコッタと結婚してしまおうか？　又はそれを口実にして断ってしまえばいいと思った。

現実となればユッキー同様国際結婚だしチャパとも一緒だ。タイに永住するというのも一つの選択肢ではないか？　最もプラコッタはフッチーより二～三歳は年下らしいし、こんな取って付けたようなフッチーのタラレバ話をプラコッタが喜ぶかどうかは疑問だったが。

やがてプラコッタと約束した午後三時になり、フッチーは家外に出たり入ったりソワソワしながら待ち兼ねていた。その前に今日でお別れとなるタイ犬、リッジバックドッグ、チャパもお湯で綺麗にシャンプーしてドライヤーで乾かしておいた。

ところが用意周到にもかかわらずどうした事か？　三時が過ぎ四時を回っても一向にプラコッタは現れないのだ。

『あれ程念を押したのにどうしたんだろう？　彼は元々ルーズな性格なのか。それとも又？』

フッチーは何故かふと胸騒ぎを覚えたが、丁度その同じ瞬間だった。フッチーの隣でお気楽に横たわっていたチャパが急にムックリ立ち上がると、身震いしながら、ウオーウオーと吠え始めた。

あの夜と同じ吠え方だったが、それだけでなく後ろ足で土を蹴って外へ走り出そうとする。勢い余ってか、リードが切れそうだったので異常を感じたフッチーは急いで柱から解き猟犬でもあるチャパを外へ連れ出した。

『犬の本能というか何かプラコッタの危険を察知したのではないか？』

　フッチーはそんな気もしてチャパを先に行かせたが、その後五分も行かない内にリードを強く引っ張られて、アッという間にスルリと手が離れてしまった。するとチャパは何時もの散歩コースを外れ一目散。その向こう側の田んぼを突っ切り走る。しかしその先は危険な河川沿いであった。

「しまった。チャパ、そっちは駄目、お願いだから戻って！」

　そうは呼び掛けたが完全に無視された。それならばといっても、犬みたくよそ様の田んぼを突っ切る訳に行かず、遠回りしてやっと小高い堤防へ出た。

　方向的にはこちらに向かった筈だがと息を切らしキョロキョロしながら、クネクネ湾曲した砂利道を急いだ。右側は河川を覆う様に竹藪が繁り続いていたが、そこを通り過ぎると四〜五メートル先に白い車が一台道路の真ん中に止まっている。

『アレッ？　この車、こんな細い道路の真ん中に？　よく見るとプラコッタのレンタカーに似てるけど？』

　そう感じたが、その時突然車の右下、河原の方からキャンキャンと聞き覚えのある犬の鳴き声が響いてきた。

「アッ、チャパだ！　でもあんな所にどうして？」

そう思い堤防から下の河原へ下りようとした。しかしその背後の恐ろしい光景が見えてきた時、フッチーは驚き肝を潰した。

「キャーッ、プラコッタ、危ない！　早く逃げて！」

河原下の竹藪で何処かで見た様な黒帽子、黒コート、黒ずくめの男がナイフを振り翳しプラコッタに襲い掛かっていた。そしてフッチーは瞬間的にあの夜街灯の下で後ろ姿を見た同じ男の様だと気付いたが、目の前のプラコッタは死に物狂い、必死で逃げ回っている。だがあわやというところでチャパが男に吠え掛かり、何とガバッとその足に噛み付いたのだ。

「ウワーッ、大変だ！　早く警察を呼ばなきゃ！　あのチャパが危険を察してここまで辿り着くなんて流石に狩猟犬だわ。凄い！　でも何故にプラコッタがこんな目に？」

アタフタしながらポケットを探ってみて青褪めた。急に家を出る際スマホは置いてきてしまった。肝心のこんな時だというのに。

「馬鹿！　止めろ！　芋野郎、死ぬ。誰か助けて！」

大声で助けを呼ぶしかなかったが周囲を見渡せばこの辺りは殆ど人も通らない辺鄙な地域だった。

「畜生、邪魔が入ったな！　全く手こずらせやがって！　オイ、トットト鍵を出せ！　お前がこのあほ犬の首輪から鍵を抜き取ったんだろう？　それさえ出せば用はねえんだ！　早くしろ！」

男は土堤の上にいるフッチーの声を聞き余計に焦った様子だ。

「助けて！　鍵ってなんですか？　何度も言うけどそんな物持ってません！」

「持ってない？　それじゃあ何処に隠した？　俺の仲間の芽依《めい》が港のロビーで犬の首輪に差し込んだ鍵だ！」

男はチャパを蹴飛ばしながらプラコッタを追い詰めて行く。

「芽依って？　あの時待合所で？」

「そうだ。あの金髪女だよ！　鍵を取り戻そうとしてお前の車を尾行したが、途中で警察署に逃げ込まれてしまった。だがその時犬が乗っていないと分かり、途中で乗せた娘の家に預けたこと、庭に繋いであると知ったんだ。だから夜中になってその鍵を芽依に取りに行かせたが首輪の中にはないと言う。仕方なく俺がもう一度確かめに行くと、このあほが俺には凄い勢いで吠え付きやがって！　芽依の時にはクンクンいって喜んでたんだと？　それも信用ならねえんでこっ酷く問い詰めると、芽依と同居しているという連れの迫田とグルになって仕事を降りると言い出しやがって！　しかもこれまでの分け前を何千万かよこせだと！　ザマを見ろ！　俺に逆らったあの二人は な、見ろこれであの世行きにしてやった。二人殺すも三人殺すも同じだろ？」

竹の根本に倒れガタガタと震えているプラコッタの顔に押し付けたのは、何時の間に取り出したのか黒光りする拳銃だった。

「鍵を何処に隠したか今すぐ教えろ！」

プラコッタはそれでも鍵を知らないというし、絶体絶命だ！

どうしよう？　このままでは何れチャパも自分も拳銃で殺される！　気丈なフッチーも居た堪れず、その場にしゃがみ込み祈るしかなかった。

だがその時気の所為か、後ろでザッザッと砂利を踏む足音がした。

「危ないからもっと後ろに下がって、車の陰に隠れて下さい！」

そんな低い男の声が聞こえ、ハッとした。それから閉じていた目を開け徐に見上げてみた。すると目の前に高身長でガッチリ体形の男性の横顔があった。しかもその人物は疾風迅雷の如く河原を駆け下り、黒づくめの男に突き進んでいくではないか。

「何をしている？　警察が来るぞ！　もう諦めてその人から手を離せ！」

想定外な若者の出現に男は一瞬たじろいだが、今度は銃口を若者に向けた。だがその一瞬、若者の強烈な蹴りが男の右肩に入った。ユラリとよろめいた体は拳銃を手から放り出し、二〜三メートル先の沼地へ投げ出されていたのである。エイヤッという勇ましい掛け声と共に。

何という天の助け！　フッチーはそんなアッという間の出来事に、ただ茫然とするばかりだ。本当ならそのカッコ良さに拍手を送りたい位だったが。そして竹藪に倒れていたプラコッタがヒョロリと立ち上がろうとした時、何処からかパトカーのサイレンが鳴り響いてきた。

「もう大丈夫ですよ。僕がさっき一一〇番しておきましたから。この辺りをジョギング中だったけど悲鳴が聞こえて方向転換して来てみてよかったです」

「ドモアリガトウゴザイマス、お陰で私もチャパも助かったよ。何とお礼言ったらいいですか？」

沼地でヒクヒク動けないでいる黒ずくめ男を尻目に、プラコッタは若者に礼をいい手を合わせた。フッチーも土堤を駆け下り近付いてみたが、見れば彼はスポーツマンらしい精悍な顔付きで中々のイケメンだった。頭を下げながら名前位は聞こうとしたが、その前に警察官が二〜三人こちらにやってきた。三人それぞれに事情聴取を受けて欲しいという。

「いやあ、よかったですな。あの素笛《そぶえ》さんが先に駆け付けてくれ大事に至らずに済みました。お二人共命拾いしましたな！」

その場の聴取からその若者は近くに住む空手三段の道場講師、素笛正人《そぶえまさと》だと分かった。

しかし沼地から男が引っ張り出され確保されるのを見届けた後、素笛は質問には簡単に答え、足早なジョギングで帰って行った。今から近所の子供達に空手を教える都合もあり忙しいのだそうだ。

「プラコッタさんはタイから来日ですか？　不運な目に遭われたが、御無事で何よりでしたよ。それにしても兼ねてより手配中だった児童公園での殺害犯人をここで簡単に確保出来るとは、我々も正直驚いております。だがどうしてプラコッタさんはあの凶悪犯にこんな所へ連れてこられたんだね？　それを詳しく伺いたいんだが？」

素笛が行ってしまった後、プラコッタとフッチーはパトカーの中で色々と聴取を受けさせられた。

「エーッとそれは拘留された豊橋ポリスでも沢山聞かれたよ」

プラコッタが何処から話そうかとモタモタしていると、豊橋とは管轄が違うから申し訳ないが最初から詳しく説明してくれと促された。散々な目に遭ったプラコッタにしては疲れていて気の毒だったが。

「それでチャパを迎えに行こうと今日の二時半頃、フッチーの家近くの交差点で信号待ちをしていたんだ。そしたらあのサングラスの男が急に助手席に乗り込んできてナイフを突き付けられた。その後アチコチをグルグル回らされて人気のないこんな場所へ案内されたよ」

「フムフム、君は案内じゃなく無理やり連れてこられたんだな？　それで？」

「それから隙を見て逃げ出そうとして急ブレーキを踏み、慌てて外へ飛び出した。そうしたらあの男もしつっこく追い駆けてきて、私に何度も鍵を出せと言いました。逃げ回っている内にチャパが来てくれ少し助かったけど、その後、下の竹藪に追い詰められたよ。それで急に芽依という金髪の女の人が鍵をチャパの首輪に隠したけどそれが失くなっている。何処かへ隠したのではないか？　すぐに出せと拳銃で恐喝されたんだ」

「そうか。しつこく追い駆けてきて何度も鍵を出せと言われたんだな？　それが本当ならあの男黒崎《くろさき》にとってはそれは悪事に使う余程重要な鍵だろう！　何しろ仲間を二人も殺し、君まで巻き添えにされるところだったんだからな。だが君はその鍵を持ってもいないし、見てもいない？　それでは残念だがどうしようもないな。今回の事件の鍵を握るのは正しく証拠品になるその鍵に違いないが？」

　警察官二人は二〜三言葉を交わした後で頷いた。

「よし分かった。後は黒崎を署に引っ立ててその鍵の使い道なども含め口を割らせるのみだ。お二人共、協力御苦労さん、今日はこれにてお帰りになって結構ですよ。何か聞きたい事があれば、後はこちらから連絡させて頂くという事で。大変お疲れでしょうから、帰り道の運転はくれぐれも気を付けて下さい」

「チャイ、ポリスマン、アリガトウ。それでは失礼していいね？」

　ユッキーの方は立場上被害者でもなく単なる傍観者だったので、プラコッタの横でウンウンとしたり顔で頷いていただけだった。しかし殺人者の黒崎があの夜、家の前で見た男と同一人物だったと分かり、その事だけは一証人として、報告出来、ホッとしたのである。

「チャパは凄い！　忠犬だし賢くて勇敢だね！」

　フッチーはプラコッタの車で送って貰う道すがら、チャパの頭を撫でてやりながらそっと首輪の中に手を入れ探ってみた。プラコッタが全く知らない内に殺害された金髪女、芽依が鍵を隠したと聞き、それが本当なのか確認したかったのだ。

「この首輪は中が厚いスポンジ状になっていて、首を締め付けない作りになってるわ。だから小さい鍵なら入るわね。それにしても一体何に使う鍵かどんな鍵かも全然分かんないし？」

「いくらポリスに重要な犯人の証拠品といわれても私は見てないよ。本当にそんな物存在したかも分からないし、とても信じられない。そんな事より日本に来てフッチーさんにはとてもお世話になったのでそのお礼をしたいです。タイへ観光に来る時は必ず知らせて下さい。私がノーマネーでタイ国を案内してあげるよ」

「エエッ、ノーマネーで私に観光ガイドしてくれるの？　ワーッ、嬉しい！　ユッキーも一緒でいいよね？」

フッチーは大喜び。ヤッター、それならチャパにも又会えるんだ！　その上あわよくばプラコッタと結婚？　足元のチャパの背をトントンと軽く優しく叩いた。しかしチャパがそれに答える様にしっぽを振り振りした時だった。そうだ、今まで忘れていた事実が？　とピカリフッチーの頭にヒラメいた。

「そうなんだ。チャパのウンコだ！　チャパが吠えた夜の次の日、夕方庭でデッカイウンコをしたんだ。母さんに言われてそれを片付けたら中に小さくて薄いメモリーチップみたいな物が入っていたわ。庭に落ちていたゴミと一緒に飲み込んだのかと思ったんだ。一応洗って蛇口の横に置いてあるんだけど？」

「エエッ、だけどチャパはそんなゴミみたいな不味いものは絶対拾って食べません」

「そうよね。家ではドッグフードとビスケットしか食べさせてないし？　エッ、だけどもしかしたらあれが殺人犯の男が欲しがっていた鍵？　スタンダードじゃなくニュータイプの？」

「鍵かどうかも見ていないから確かめられないよ。だけどそうだとしたら首輪の中のものをどうやってゴックンと飲み込めたのか？　無理だと思います」

「そりゃあそうね。あれが事件に無関係な物なら警察に知らせる必要もないしさ？　だけどどうやってあんな物がウンコの中に？」

　フッチーとしては、折角プラコッタがタイ旅行に誘ってくれたんだからもう少しロマンチックな具体的な話を詰めたかった。お互い独身なんだから、この先国際結婚も夢ではないかも知れないじゃん？　と勝手にテンションも上がった。しかしミステリーの大小にかかわらず大好きな謎解き癖はそれ以上に強力だった。

　デコボコ道をガタガタと車が揺れる中、偉そうに腕を組みながら、プラコッタとチャパが来てからのこれまでの一連の流れを思い出してみた。やがて車が本通りに出て左折すると、フッチーの家が右手に見えてきた。そしてその時になってフッチーの顔が明るく輝いた。

「ワーッ、これよ！　プラコッタ、やっと分かったわ！　これって本当に単純な話だわ。聞いて！」

そう言いながら思わずパチパチと手を打ち鳴らし歓声を上げた。

「ホラ、最初の日、私とユッキーを車で家まで送ってくれたでしょ？　その時足元にお座りしていたチャパにプラコッタの買ってくれた犬用のあのビスケットを食べさせたのよ。チャパは凄くお腹が空いていたらしく、下に落ちたビスケットまでガッついてたわ。首をブルンブルン振りながら凄い勢いでね。プラコッタ、それでなのよ！その時首輪から落ちた例の物、その鍵をビスケットと一緒に飲み込んでしまった。丁度同じ位の大きさで色も似てたからね。それが消化されないままウンコと共に出てきた。どうこの推理、完璧でしょ？　プラコッタ。イエーイ！」

「成る程、凄いです！　それなら私もそうだと思います。チャパは女の人が好きだから、お腹が空いている時に美人二人におやつを貰えて大喜び。ヤッターとテンションが上がり鍵まで食べてしまったんだ。チャパにとっては飛んだトラベルだったよ」

「ヤッターとテンションが？　それでトラベル、それともトラブル？」

プラコッタの英語の発音は日本語より聞き取り難かったが、何れにせよこれで事件の鍵を握る重要な鍵の行方はフッチーによって解明された。鍵の使用場所、目的まではまだ謎のままだったが。

「ツラツラ考えてみれば、あの凶悪犯は鍵が見つからず、結局逮捕され刑務所行きよ。それは鍵を飲み込んでしまったチャパのお手柄とも言えるんじゃない？　危険を感知してプラコッタを助けにも言ってくれたし。ただたった一つの弱点は誰彼構わず女の人に惚れ易いところ？」

「そうです。それで金髪の女の人に懐いて鍵を首輪に隠されてしまった。あの殺人犯黒崎が言っていた様に、その芽依って人が鍵を取りに行った時クンクン鳴いて吠えなかったのも嘘じゃなかったんだ。チャパはそんなにだらしない犬なのか？　だけど今になって、フッチーが鍵を見付けてくれたのでそれ以上の大手柄となった。それは褒めてやりたいよ。けれど私はそのお陰で沼津にも行けなかったし、散々な目に遭ってしまった。本当はこんな筈じゃなかった。残念です」

「マア、マア、プラコッタったら、そう言わず抑えて抑えて！　命も助かったし日系三世なんだから。私が付いてると大船に乗ったつもりで何度でも日本に来てよ！　私もユッキーも大歓迎するって。それでまず先にチャパにお水とビスケットを沢山御褒美よ。その間家に入ってお茶でもいかが？　今後の私達のお話もあるし？」

大活躍をした当のチャパは二人の会話を聞いてか聞かずか、ただポカンとして見上げていた。しかし、何かに付けホッとしたフッチーは、プラコッタにニッコリ余裕で笑い掛けたのである。

　そんなこんなでやっとフッチーの家に到着し、プラコッタが前の脇道でエンジンを切った。ところがその後、顔色が急に変わった。運転席に座ったままの姿勢でじっと正面を見据えている。

「アッ、チャマニー、チャマニーじゃないか!?」

　プラコッタの声に驚き、フッチーも車のフロントに目をやると、何と外側に一人の美しい女性が両手を広げ立ちはだかっていたのだ。

「サワッデーガー《今日は》　プラコッタ　イマユライ《いつ帰るの》?」

　よく見れば肌色はプラコッタ同様少し浅黒く、髪は高く丸く結い上げ、ターコイズブルーのイヤリングがよく似合っている。若々しい二十代位の美女であった。

『エッ?　この人はチャマニーっていうの?　日本人じゃなくプラコッタと同じタイ人らしいけど?』

　フッチーはタイ語も分からないし車のドアを開け放してキョトンとするばかりだ。

だがそれを尻目にプラコッタは、瞬時に外に出るとその女性に駆け寄りフッチーの目の前で固く抱き合ったのである。

『エッ？　何で？　目も当てられない強烈なラブシーンじゃん？』

と思いきや、何故かあれ程フッチーに懐いていた筈のチャパまでが今は女性の足元に絡み付き、キュンキュン甘えているではないか！

「チャマニー　ユーコーンディオロー《一人で来たの》？」

「チャイ《ハイ》　コートンチーチーパイレンカンマイン《御免なさい一緒に行きましょう》　カマユライ《何時帰るの》？」

それからプラコッタとその美人女性チャマニーは、道路の端っこに寄ると七～八分間身振り手振りで話し合っていた。

フッチーは為す術もなくそのままボンヤリと二人の様子を眺めていたが、プラコッタは話し終わった後すぐにチャマニーと一緒にこちらへやって来た。

「この人タイの私の婚約者で、チャマニー言います。チャパを預かったフッチーさんの家の住所は両親に知らせたんだ。チャマニーはタイで私を待っていたけど帰りが余り遅いので心配になり、両親に住所を聞いて一人で捜しに来た。それで今日やっとこの家を見つけたと言っているよ」

「ヒエーッ、プラコッタの婚約者？　やっぱりそうなのね。お二人はとてもお似合いで幸せそうよ！」

道理でチャパも懐いていて再会を喜ぶ筈なのだ。驚きの余り、お目出とさんの祝詞も急に口から出なかったが、内心はパニクッて複雑であった。プラコッタにフィアンセがいるとは知らず、ほんの一瞬だが勝手な一人善がりで国際結婚を夢見てしまった。こうなると、そんな自分の馬鹿さ加減が恥ずかしく、自分で我が身を蹴飛ばしてやりたくなり泣きたくもなった。

だがそんなフッチーの複雑な心境など露知らず、プラコッタとチャマニーの二人は両手を合わせ深々とタイ式のお辞儀をした。それからチャパを連れ道路脇に止めっ放しだったレンタカーに乗り込んだ。

そして彼等とチャパとの名残惜しい別れの時がついにやって来たのだ。

「ドモアリガトウ。フッチーさん。私達の結婚式にきっと来て下さい。タイの伝統的な儀式とても豪華で奇麗、御馳走も沢山あるよ。チャマニーと二人で観光案内するし、会えるの楽しみにしてるから。それではその時又ね、お世話にナリマシタ」

再会した二人は嬉しそうな顔を見合わせながら手を振った。そして車はその場からゆっくりゆっくりと、立ち去って消えて行ったのである。

思えばこの一週間、フッチーにとってはヒヤヒヤドキドキ、嵐の様だったがアッという間に過ぎ去ってしまった。こうしてみるとユッキーが言っていた様に、お別れはやっぱり何時でも非常に寂しいものだと実感した。幸せそうなカップル、プラコッタとチャマニーは羨ましいばかりで、そんなでもなかったが、たったの一週間でも苦楽を共にした、リッジバックドッグ、チャパとの別れが辛かった。今度ばかりはフッチーは柄にもなく後を向きメソメソと涙したのであった。一時の愛犬だったチャパが非情にも自分の為に泣いてはくれないと分かっていたけれど。

　明くる日の夕方になると、プラコッタから連絡を受けていた警察官が鍵を取りに来た。それも会社が引けた後でいいというので、フッチーは六時過ぎには家で待機していた。

「宮野さんどうもお手数掛けました。ホウ、このメモリーキーが犬の糞の中に？　出てこないと思っていた貴重な証拠品が見つかり非常に助かりましたわ。糞有り難いとはこの事ですな」

「ハアッ？　綺麗に洗ってあるから大丈夫です。でもそれを正論で言うなら糞有り難くもない。じゃないですか？　どちらでもいいけど一つお願いがあるんですけど？　私も名推理力を働かせ目一杯協力しましたし、プラコッタも死ぬ思いをしたのです。この有り難い鍵が犯人にとって一体何処の、何の目的で使用する物だったのか？　その謎位は知りたいので是非教えて貰えませんか？」

「そうは言われましてもねえ？　マア、いいでしょう。分かりました。今回の事件では随分御協力頂いたので捜査秘密に支障を来たさない程度でお話ししましょう。あの凶悪犯黒崎も鍵が出てきたと聞きやっと観念したのか、全てをスラスラと白状してくれましたのでね」

目の前でギラギラしているフッチーの恐ろしい目力に敵わなかったのか、証拠品欲しさに手短にではあるが説明してくれた。

「黒崎はクラブママ八坂芽依子《やさかめいこ》と迫田《さかた》、内縁関係にあったこの二人を仲間に引き込み、東南アジア経由で金塊の密輸組織を構成していた。奴は八坂の事は芽依って呼んでましたがね。一週間前タイ人のプラコッタさんと同じクルーズ船で来て、名古屋港で下船した。ところが少量ずつ小分けにした金塊を上手く隠したつもりが税関でバレそうになり、三人は一旦散り散りバラバラに逃げ出した。黒崎と迫田は何とかロビーの外へ走ったが八坂だけは逃げ遅れ、仕方なくベンチで新聞を広げていたプラコッタさんの隣に身を隠した。同じ大型クルーズ船内にいた二人です。八坂は遠目に彼を見ていたが、プラコッタさんの方は常に俯き読書中で金髪位はチラリと見た程度でした。運悪く黒崎から鍵を預かっていた八坂は、税関に発見される事を恐れ、プラコッタさんに話し掛けながら、隙をみて犬の首輪の中にそれをグイとねじ込み隠したそこ黒崎はその話も半信半疑で疑ったらしいですがね。何しろその、いや、この鍵はでの金塊を売り捌いた代金七、八千万円が保管してある何処ぞの銀行の貸し金庫のだというので驚きです。

八坂もそれはよく知っていて、何とかその場をやり過ごしてから鍵を取り戻そうと思っていたが、その前にプラコッタさんがベンチから立ち上がり、犬を連れてサッサと外へ出て行ってしまった」

「フーン、それでその後プラコッタはその金髪女と二人の男の車にずっと尾行され続けたという訳ね？　チャパの首輪からこのキーを取り戻そうとして？」

「そうです。八坂が静岡へ行くとプラコッタさんから聞いていたらしいです。しかし尾行には失敗したしその後になって犬が車に乗っていない。プラコッタさんが途中で宮野さんのお宅へ預けたと気付いたのです。それで夜遅く八坂が犬に近付き鍵が失くなっていると報告、それを受けた黒崎が御苦労な事にもう一度確認に行ったが酷く吠えられて怒り心頭。その近くの児童公園で奴ら三人は金の事で酷い言い争いになりました」

かったわ。それで、結局仲間割れして金髪女の芽依子と迫田は悪どい黒崎に拳銃

「ちょ、ちょっとユッキー待って。真っすぐじゃなくてあそこを左、左、そう、左に曲がって！」

「な、何よ、フッチーったら急にどうしたの？」

ユッキーはフッチーに急かされ仕方なく左折して枝道に入り止まったが、訳が分からない。

「そうそう、ここでストップして。悪いけど五分か十分待っててよ」

「エッ、何故なの？　こんなところで？」

「ホラ、あそこにジョギングしている男の人見えるでしょう？　この道の先を、この間プラコッタを助けてくれた空手三段のヒーロー、私のウルトラマンなのよ！　後で詳しく話すからお願い！」

そう、この田舎道はあの日プラコッタが襲われた河川沿いの堤防へと続く一筋の砂利道だったのだ。

そしてその方向に今軽快に走り行くユニフォーム姿は正しくあの時の救いの神、素笛に外ならなかった。

ユッキーはもう少しフッチーから話を聞きたかったが、その前に御当人はドアけ大慌てで車外へ飛び出した。そしてあれよあれよという間に素笛の後を追っ走り去ってしまったのである。

「あのう、ジョギング中すみません。アアやっぱり素笛さんだったんですね？　その節は大変お世話になりました。私、私を覚えてみえますか？　あの時助けて貰ったプラコッタと一緒にいた宮野ですけど？」

フッチーは息を切らしながら全速力で走り、やっと素笛に追い付いた。ハアハア言いながら後ろから声を掛けると、彼は躊躇する事なく振り向き、笑顔で答えてくれた。

「ヤアッ、あの時の、芋野郎死ねの劈く悲鳴の？　ハイよく覚えていますよ。僕はそれで助けに走りましたから。後で警察から大変な殺人事件だったと聞きましたが、貴女もプラコッタさんも御無事でよかったです。プラコッタさんとあの勇敢な犬はもうタイへ帰国されたと聞きましたが？」

フッチーも流石に赤面した。

「あの時はつい興奮してはしたない大声を。でもそのお陰様で助かり有り難う御座いました。一度改めてお礼が言いたかったんです。素笛さんには確かこの辺りがジョギングコースだと聞きましたが、まさか今日ここでお会い出来るなんて思わなかったわ。本当に偶然ですね？」

「エエ、僕はジョギングもしますが、時々マルチーズのキャシーを散歩させたりもしていますよ」
「マルチーズのキャシー？　じゃあ私と同じ犬好きで犬派だったんだわ。よかった！　私もプラコッタからチャパを預かり一週間だけお世話したんですよ。でもいなくなってみると何だか少し寂しくって。それでマルチーズのキャシーちゃん？　白くてフワフワの可愛い女の子なのね。でも素笛さんはモテそうだし、もしやキャシーちゃんは御自分のペットじゃなく彼女さんのだったりして？」

フッチーは素笛の口からまさかマルチーズの名前が出てくるとは思わず、又もやギクリと落胆しそうになった。シェパードとかシベリアンハスキーとかならいざ知らず、白くてフワフワのキャシーなんてどう見ても男性的な素笛に不似合いなのだ。プラコッタの時みたくフィアンセの先客がいるのではと詮索した。しかし、こうなってみるとこれもフッチーの一目惚れだったのか？

マルチーズのキャシー

「ハイ、そうです。と言いたいですが、残念ながら彼女はいません。キャシーは妹のペットですが、自分が忙しい時に散歩を僕に押し付けるのでいい迷惑ですよ！　ワールド大会出場経験もあるし、僕は今まで空手一筋で来ましたからね。この世界彼女にはとんと御縁がありません。モテるといえば弟子の中にいる小学生の女の子位にかな？」

素笛はフッチーを横目に見て頭を掻きながらワッハッハと豪快に笑った。

フッチーはその話を聞いてホッと一安心。それならばイザと急に接近し自己アピールを始めた。

「宜しければ私がキャシーちゃんのお散歩代行を引き受けてよくってよ。友人のユッキーからもトイプードルのチャタちゃんを頼まれてるし、どうせなら二匹一緒でも構わないかしら？」

護身術を習いたいからとか、フッチーは何の彼の喋くりながら素笛から空手道場の見学も許可を貰った。

一方の素笛もフッチーが万能と言う程でもないが、元来のスポーツウーマンと聞き、天真爛漫な開けっ広げな性格を含めて可成り好感を持ってくれたらしい。

そんなまずまずのムードで二人の立ち話は結構盛り上がっていた。しかしその間車内のユッキーは駐車違反を心配しながら前方をチラリチラリ見ながら、イライラして待っていた。

『何が五分か十分よ。もう三十分以上も待たせてる！　これじゃあモーニングはアウトだから、ファミレスのランチに切り替えなきゃ！　こうなればゆっくりフッチーの言い訳話でも聞くしかない!?　だけどたとえひょうたんから駒の出会いでも、出会いがなければ婚活も結婚もないんだから！　フッチー、とにかく、積極的に頑張れ！ファイト！』

出会いも別れもある短くて長い人生。失敗は成功のもとともいうが果たして素笛はフッチーの運命の人になり得るのか？

一方恋する二人、ユッキーとロベルトにも今後の進展はあるのか？　恋と友情、そしてミステリーは続く！　請う御期待です。グッドラック！

――完――

著者プロフィール
岬 陽子（みさき ようこ）
愛知県豊田市出身、在住。
「岬りり加」の名で歌手、作詞活動を経てミステリー小説家に転向。
父は今は亡き豊田市の童話作家、牧野薫。
著書
『孤高の扉／終戦までの真実』（文芸社　2014　2編を収録）
『王朝絵巻殺人事件』（文芸社　2016　3編を収録）
『家康の秘密』（文芸社　2018　3編を収録）
『太陽と月のシンフォニー』（文芸社　2019　3編を収録）
『ユッキーとフッチーのミステリー事件簿』（文芸社　2021　2編を収録）

暁天《あかつき》の橋渡りゃんせ

2022年３月28日　初版第１刷発行

著　者　岬 陽子
発行者　瓜谷 綱延
発行所　株式会社文芸社
〒160-0022　東京都新宿区新宿1－10－1
電話　03-5369-3060（代表）
03-5369-2299（販売）

印　刷　株式会社文芸社
製本所　株式会社MOTOMURA

ISBN978-4-286-23624-7